DU MÊME AUTEUR

Aux Éditions Gallimard

LA MAISON DU SILENCE, 1988.

LE LIVRE NOIR, 1995.

Du monde entier

ORHAN PAMUK

LE CHÂTEAU BLANC

roman

Traduit du turc
par Munevver Andac

nrf

GALLIMARD

Titre original :
BEYAZ KALE

À la mémoire de Nilgun Darvinoglu
(1961-1980),
sœur aimante, être de bonté

Que nous croyions qu'un être participe à une vie inconnue où son amour nous ferait pénétrer, c'est, de tout ce qu'exige l'amour pour naître, ce à quoi il tient le plus, et qui lui fait faire bon marché du reste.

MARCEL PROUST
Du côté de chez Swann

INTRODUCTION

Ce manuscrit, je l'ai découvert en 1982, dans les archives assez misérables de la sous-préfecture de Guebzé, où j'avais pris l'habitude d'aller passer une semaine chaque été, une semaine à fouiner tout au fond d'un coffre poussiéreux où s'entassaient pêle-mêle les firmans impériaux, les titres de propriété, les rôles de tribunaux et les registres administratifs. Le manuscrit attira tout de suite mon attention par son élégante reliure jaspée d'un bleu de rêve, sa calligraphie extrêmement lisible et son éclat, qui tranchaient avec tous les autres documents officiels fanés. Sur la première page, une écriture différente, me sembla-t-il, avait tracé un titre, comme pour mieux éveiller ma curiosité : « Le beau-fils du matelassier ». Sans autre indication. J'entrepris aussitôt, et avec un immense plaisir, la lecture de ce livre, où sur les marges et les feuilles blanches, une main d'enfant avait dessiné des personnages à la tête minuscule, vêtus d'habits aux multiples boutons. Ravi de ma découverte, mais trop paresseux pour recopier le manuscrit, je décidai de le voler dans ce fatras que le jeune sous-préfet lui-même n'osait pas qualifier d'archives et je le fourrai discrètement dans ma serviette.

Au début, je ne savais pas trop ce que j'allais en faire, si ce n'est le lire et relire. Comme je continue à éprouver une profonde méfiance envers l'Histoire, je préférai m'intéresser à l'histoire que contait le manuscrit, plus qu'à sa valeur scientifique, culturelle, anthropologique ou « historique ». Ce qui m'amena à m'intéresser à l'auteur lui-même. Depuis que mes collègues et moi nous étions trouvés dans l'obligation de quitter l'université, je m'étais recyclé dans la profession de mon grand-père, qui était encyclopédiste. D'où l'idée qu'il me vint d'écrire un article sur l'auteur de ce livre, et de l'introduire dans cette *Encyclopédie des hommes illustres*, d'autant plus que la partie historique était de ma responsabilité.

Ce fut ainsi que je consacrai à ce travail le temps que me laissaient mon boulot à l'encyclopédie et l'alcool. Dès que je consultai les sources essentielles de la période en question, je remarquai très vite que certains événements relatés dans le manuscrit ne correspondaient guère aux faits historiques. Ainsi, au cours des cinq années où Köprülü occupa le poste de Grand Vizir, un terrible incendie avait bien ravagé Istanbul, mais il n'était nulle part question de quelque épidémie notoire, encore moins d'une épidémie de peste de l'ampleur de celle que décrivait le manuscrit. Les noms des vizirs de l'époque y étaient mal orthographiés, il y avait confusion entre certains, d'autres enfin avaient même été changés. Quant aux noms des astrologues officiels, ils ne correspondaient pas à ceux que l'on retrouve dans les registres du Sérail. Mais je ne m'attardai pas sur ce point, car je me disais que ces différences jouaient sans doute un rôle dans le livre. En revanche, nos connaissances « historiques » confirmaient globalement les événements qui y étaient relatés. Je pus même constater ce « réalisme » jusque dans de petits détails : ainsi, l'auteur parlait de l'exécution du Premier Astrologue, Husséyine Éfendi, ou des parties de chasse au lièvre de Mehmet IV, dans les bois de son pavillon de Mirahor, à peu près comme les raconte Naïma dans son *Histoire*. Je me dis aussi que l'auteur, que l'on devinait friand de lecture et plein de fantaisie, avait sans doute utilisé des sources de ce genre et bien d'autres ouvrages encore, en y faisant certains emprunts. Il avait peut-être simplement lu les livres d'Evliya Tchélébi* qu'il disait avoir connu. Je me disais également que l'inverse pouvait être vrai, à en juger par certains détails, et je gardais l'espoir de retrouver la piste de l'auteur. Mais cet espoir tomba à l'eau après les vaines recherches que j'effectuai dans les diverses bibliothèques d'Istanbul. Je ne découvris pas un seul traité, pas un seul livre adressé à Mehmet IV entre les années 1652 et 1680, ni dans la bibliothèque du palais de Topkapi ni

* Evliya Tchélébi (1641-1682) : auteur d'un *Livre des voyages* (*Seyahatname*). *(N.d.T.)*

dans d'autres bibliothèques, où je me disais que ces documents auraient pu être répartis. Je ne rencontrai qu'un seul indice : il se trouvait dans ces bibliothèques d'autres manuscrits dus au « calligraphe gaucher » dont il est question dans le livre. Pendant un certain temps encore, je continuai sur ma lancée, mais je commençais à me lasser de mon enquête. Je n'obtenais que des réponses décevantes des universités italiennes que j'avais inondées de lettres. Toutes les recherches que j'effectuais dans les cimetières de Guebzé, de Djennet-Hissar et d'Uskudar en me basant sur le nom de l'auteur, révélé dans le manuscrit, bien que non mentionné sur la page de garde, s'avéraient vaines. Je renonçai à suivre des pistes, je rédigeai un article pour notre encyclopédie en traitant de l'histoire que racontait le manuscrit. Comme je le craignais, cet article ne fut jamais publié, non pour manque de rigueur scientifique, mais parce qu'on estima que l'homme dont il y était question n'était pas suffisamment « illustre ».

Et, pour cette raison peut-être, ma fascination pour cette histoire ne fit que croître. Je songeai même à protester en démissionnant, mais j'aimais mon travail et mes collègues, si bien que, pendant un certain temps, je la racontai au tout-venant; j'en parlais avec enthousiasme, comme s'il ne s'agissait pas d'une découverte, mais d'une histoire que j'aurais écrite moi-même. Pour la rendre plus intéressante encore, je discourais sur sa valeur symbolique, j'affirmais qu'elle nous permettait de mieux comprendre notre époque parce qu'elle faisait allusion à nos réalités d'aujourd'hui. Grâce à ce discours, des jeunes gens, plus attirés par des sujets tels que la politique, la violence, l'Orient, l'Occident ou la démocratie, s'intéressèrent à mon histoire, mais eurent vite fait de l'oublier, tout comme mes compagnons de beuveries. Alors qu'il me rendait le manuscrit qu'il avait feuilleté sur mon insistance, un ami professeur me déclara qu'il se trouvait des dizaines de milliers de manuscrits pleins d'histoires de ce genre dans les vieilles maisons de bois des faubourgs d'Istanbul. À l'en croire, les simples gens qui vivaient dans ces quartiers, s'ils n'imaginaient pas qu'il s'agissait de Corans et ne les posaient pas à une place d'honneur au sommet de leur armoire, en arrachaient les feuilles pour allumer leurs poêles.

Si bien que, après avoir lu et relu cette histoire, encouragé par une jeune fille à lunettes qui tient constamment une cigarette à la main, j'ai décidé de la publier. Mes lecteurs pourront constater que je n'ai fait aucune recherche de style en la transcrivant en turc moderne. Après avoir lu une ou deux pages du manuscrit que j'avais posé sur une table, je passais à une autre table, dans une autre pièce, celle où se trouvent toutes mes paperasses, et je m'efforçais à rapporter avec des mots d'aujourd'hui le sens que mon esprit en avait gardé. Le titre du livre, ce n'est pas moi qui l'ai choisi, mais la maison d'édition qui a consenti à le publier. Ceux qui remarqueront la dédicace au début du livre se demanderont peut-être si elle n'a pas une signification particulière. Retrouver des liens entre toutes choses, c'est, je crois bien, la maladie de nos jours. Et c'est parce que je suis moi-même atteint de cette maladie que je publie cette histoire.

FAROUK DARVINOGLOU

I

Nous allions de Venise à Naples quand les navires turcs nous barrèrent la route. Notre convoi ne comprenait que trois bateaux en tout et pour tout, alors que les galères qui surgissaient de la brume se succédaient sans fin. La peur et l'affolement s'emparèrent aussitôt de notre bateau ; nos galériens, turcs ou maghrébins pour la plupart, poussaient des clameurs de joie, ce qui ébranla encore plus notre moral. Comme les deux autres, notre voilier mit le cap vers l'ouest, vers la côte, mais il ne put faire preuve d'autant de célérité que les autres. Craignant des représailles au cas où il se ferait capturer, notre capitaine ne se décidait pas à ordonner de fouetter violemment les galériens. Par la suite, il m'arriva souvent de me dire que la couardise de cet homme avait changé toute ma vie. Mais à présent, il me semble que si notre capitaine n'avait pas eu cet accès de panique, c'est alors que ma vie aurait vraiment été bouleversée. Beaucoup d'hommes croient que la vie n'est pas déterminée à l'avance, et que toutes les histoires sont en réalité une chaîne de coïncidences. Et pourtant, même ceux qui partagent cette conviction, quand, à un certain moment de leur existence, ils se retournent vers leur passé pour le contempler, se disent que tous les événements qu'ils ont vécus étaient en réalité inévitables. J'ai moi-même traversé une telle période. Mais aujourd'hui, alors que j'évoque les couleurs des navires turcs surgissant, fantomatiques, du brouillard, assis devant ma vieille table, en m'efforçant à écrire ce livre, je me dis que le meilleur moment pour le faire est arrivé.

Quand il vit les deux autres bateaux du convoi réussir à se faufiler entre les navires turcs et disparaître dans le brouillard, notre capitaine reprit espoir et, sur notre insistance, se décida à harceler nos galériens, mais il était déjà trop tard ; de plus, le fouet n'impressionnait plus ces esclaves que ranimait l'espoir de la délivrance. Découpant de larges pans de couleurs dans les murailles d'un brouillard obsédant, plus de dix galères se rapprochèrent brusquement de nous.

Du coup, le capitaine décida d'engager le combat, moins dans l'espoir de vaincre l'ennemi que pour surmonter sa honte et sa lâcheté ; tout en faisant impitoyablement fouetter les forçats, il ordonna de préparer les canons, mais le désir de se battre, trop tard éveillé, dura peu et s'éteignit rapidement. Nous étions soumis à d'impitoyables bordées, notre navire coulerait si nous ne nous rendions pas sur-le-champ ; nous décidâmes donc de baisser pavillon.

Alors que nous attendions l'abordage des navires turcs, je descendis dans ma cabine. Je mis de l'ordre dans mes affaires, comme si j'attendais quelques amis venus me rendre visite et non des ennemis qui pourraient bouleverser mon existence. Puis j'ouvris mon coffre pour en sortir mes livres, que je parcourus d'un œil distrait. Alors que je feuilletais un ouvrage que j'avais acheté à prix d'or à Florence, mes yeux se mouillèrent de larmes. Je pouvais entendre les hurlements et les allées et venues effrénées au-dessus de ma tête ; je me répétais que j'allais bientôt être obligé d'abandonner le livre que j'avais en main, et pourtant je me refusais à cette idée ; je voulais concentrer mes pensées sur ce qui était écrit dans ces pages. À croire que tout mon passé — un passé que je ne voulais pas perdre — se trouvait dans les réflexions, les phrases, les équations qui le composaient. Alors que je lisais à mi-voix des phrases au hasard, comme si je marmottais des prières, je voulais graver dans ma mémoire le livre tout entier, afin qu'à leur arrivée je ne pense ni à eux ni aux brimades qu'ils allaient me faire subir ; je ne voulais plus me souvenir que des couleurs de mon passé, comme on se souvient toute sa vie des mots devenus chers dans un livre qu'on a appris par cœur à force de l'aimer.

En ce temps-là, j'étais quelqu'un d'autre, un homme que sa mère, sa fiancée, ses amis appelaient par un autre nom. Il m'arrive encore de revoir dans mes rêves l'homme que j'étais autrefois, ou que j'imagine aujourd'hui avoir été, et je me réveille alors couvert de sueur. Cet homme — qui me rappelle maintenant les couleurs oniriques des contrées qui n'ont jamais existé, ou des créatures fabuleuses, ou encore ces armes incroyables que nous devions imaginer par la suite, et des années durant — était âgé de vingt-trois ans. Il avait étudié les sciences et les arts à Florence et Venise ; il croyait posséder des notions d'astronomie, de mathématiques, de physique et de peinture. Évidemment, c'était un garçon plein de suffisance ; il avait ingurgité la majeure partie de tout ce qui avait été fait avant lui et il considérait le tout avec un certain dédain ; il était persuadé qu'il pouvait faire mieux, convaincu qu'il était d'être plus intelligent et plus imaginatif que tous les autres ; bref, c'était un jeune homme comme les autres. Chaque fois qu'il me faut m'inventer un passé — ce qui m'arrive souvent —, j'ai peine à croire que ce jeune garçon qui parlait à sa fiancée de ses goûts, de ses projets, ou encore de l'univers et du savoir, et qui trouvait normale l'admiration qu'elle lui témoignait, c'était moi. Mais je me console en me disant que les rares lecteurs qui, un jour, auront la patience de lire jusqu'au bout ce que j'écris là comprendront que ce jeune homme, ce n'était pas du tout moi. Ces lecteurs si patients se diront peut-être aussi — comme je me le dis à présent — que l'histoire du jeune homme, dont la vie s'interrompit alors qu'il feuilletait ses livres les plus chers, reprit un jour là où elle s'était arrêtée.

Quand les premiers marins ennemis passèrent à l'abordage, je remis mes livres dans le coffre et sortis de ma cabine. Une confusion extrême régnait sur le navire. Ils avaient rassemblé tous les hommes et les forçaient à se déshabiller. L'idée de me lancer à l'eau en profitant du désordre me traversa l'esprit; mais je me dis qu'ils pourraient me rattraper avec leurs grappins et m'abattre sur place. D'ailleurs, j'ignorais complètement à quelle distance de la côte nous nous trouvions. Au début, personne ne s'intéressa à moi. Les esclaves musulmans qui avaient été détachés de leurs chaînes lançaient des hurlements de joie; certains d'entre eux avaient déjà entrepris de se venger des gardes-chiourme. Mais peu après, les soldats me découvrirent dans ma cabine où je m'étais à nouveau réfugié; ils entreprirent de piller mes bagages, fouillèrent mes malles à la recherche de pièces d'or. Et une fois que toutes mes affaires eurent disparu, l'un d'eux me saisit par le bras, alors que je feuilletais d'un œil distrait les deux livres qui avaient été abandonnés dans la cabine, et il me conduisit à l'un des capitaines.

Le Reïs — un renégat génois, comme je l'appris par la suite — ne me maltraita pas; il me demanda quelle était ma profession. Dans l'espoir d'échapper à la chaîne, je lui parlai aussitôt de mes connaissances en astronomie et lui expliquai que j'étais capable de naviguer en pleine nuit, ce qui ne sembla impressionner personne. Là-dessus, me fiant au traité d'anatomie qu'ils m'avaient laissé, je prétendis être médecin. Mais quand ils me présentèrent un blessé qui avait eu le bras emporté, je déclarai que je n'étais pas chirurgien. Ce qui les irrita fort. Ils étaient sur le point de m'installer parmi les galériens quand le Reïs, qui avait remarqué mes livres, me demanda si j'avais des connaissances sur le pouls et l'urine. Ma réponse affirmative m'évita la chaîne, et je pus également sauver quelques-uns de mes livres.

Mais cette distinction me coûta tout de même fort cher : elle me valut la haine des autres chrétiens condamnés, eux, à la galère. S'ils l'avaient pu, ils m'auraient sans aucun doute égorgé dans la cale où nous étions tous enfermés pour la nuit. Cependant, je leur inspirais quelque crainte parce que j'avais pu aussitôt établir des rapports avec les Turcs. Notre poltron de capitaine avait été empalé et il venait de mourir. Quant aux gardes-chiourme, ils avaient eu le nez et une oreille coupés, pour l'exemple, et ils avaient été abandonnés sur un radeau en pleine mer. Quand se refermèrent d'elles-mêmes les plaies de quelques blessés turcs que j'avais soignés en utilisant non pas mes connaissances anatomiques, mais mon simple bon sens, tout le monde fut convaincu que j'étais bien médecin. Et même certains de mes ennemis qui, poussés par l'envie, avaient affirmé aux Turcs que je ne l'étais pas, me demandèrent d'examiner leurs blessures la nuit dans la cale.

Notre entrée dans le port d'Istanbul donna lieu à une cérémonie impressionnante. On nous dit que le Sultan lui-même — qui n'était encore qu'un enfant — y assistait. Ils avaient amené nos drapeaux, hissé leurs bannières, et accroché à l'envers les crucifix et les images de la Vierge Marie, pour permettre aux mauvais garçons de la ville de les cribler de flèches. Soudain, les canons tonnèrent, en faisant trembler le ciel et la terre. Comme toutes celles que je pus suivre par la suite, avec tristesse, ennui et gaieté, la cérémonie dura fort longtemps. Certains spectateurs s'écroulèrent, frappés d'insolation. Vers le soir, notre navire jeta l'ancre devant Kassime-Pacha. Avant de nous présenter au Sultan, ils nous enchaînèrent et obligèrent nos soldats à revêtir leurs cuirasses à l'envers afin de paraître ridicules. Ils accrochèrent un carcan de fer au cou des capitaines et des officiers, et dans la plus grande allégresse, ils nous conduisirent au Sérail au son des trompettes et des cuivres qu'ils avaient découverts dans notre navire et dont ils jouaient avec une bonne humeur malicieuse. La foule alignée tout au long du chemin nous contemplait avec joie et curiosité. Le Sultan — invisible à nos yeux — choisit son lot de prisonniers qui furent séparés des autres. Puis ils nous firent traverser Galata et nous entassèrent dans la prison de Sadik Pacha.

C'était là une geôle épouvantable ; des centaines de prisonniers croupissaient dans la saleté, dans de minuscules cachots. Je disposais là d'un grand nombre de malades sur lesquels je pouvais exercer ma nouvelle profession. J'en guéris même certains. Je rédigeais des ordonnances pour des gardiens qui souffraient de douleurs dans le dos ou les jambes. Si bien que je fus à nouveau séparé des autres et placé dans une bonne cellule où pénétrait le soleil. Je m'efforçais donc de bénir la Providence en comparant mon sort à celui de mes compagnons, lorsqu'un beau matin, j'allai rejoindre les autres captifs ; on m'annonça que j'allais travailler moi aussi. Et quand je protestai, en déclarant que j'étais médecin et que je connaissais la médecine et les sciences, on me rit au nez : il fallait surélever les murs qui entouraient les jardins du Pacha et on avait besoin d'hommes. Chaque matin à l'aube, on nous remettait nos chaînes et on nous menait à l'extérieur de la ville. Quand, le soir, nous rentrions à la prison, enchaînés les uns aux autres, après avoir transporté des pierres tout au long du jour, je me disais qu'Istanbul était une bien belle ville, mais qu'il fallait y être seigneur et non esclave.

Et pourtant, je n'étais pas un esclave comme les autres. Désormais, je soignais non seulement les captifs qui croupissaient dans leurs cachots, mais d'autres patients qui avaient appris que j'étais médecin. J'étais dans l'obligation de remettre la majeure partie de l'argent que je touchais en échange de mes services aux gardiens de la prison et aux intendants des esclaves qui me permettaient de sortir secrètement. Avec ce que je pouvais leur dissimuler, je me payais des leçons de turc. Mon maître était un homme d'un certain âge, qui était chargé de certaines affaires mineures du Pacha ; un bien brave homme. Tout heureux de constater la rapidité de mes progrès, il m'assurait que je pourrais très bientôt me convertir à l'Islam. Il semblait toujours gêné quand je lui payais ses leçons. Je lui remettais également de l'argent pour le prier de m'acheter de la nourriture, car j'étais résolu à prendre soin de ma santé.

Un soir voilé de brouillard, l'intendant du Pacha vint me trouver dans ma cellule : son maître voulait me voir. Surpris et saisi d'émotion, je me préparai sur-le-champ. Je me disais que l'un de mes proches, quelqu'un d'astucieux et débrouillard, mon père peut-être, ou encore mon futur beau-père, avait payé ma rançon. Tout en avançant dans le brouillard par d'étroites rues sinueuses, j'imaginai mon retour à la maison ; j'allais retrouver mes proches, soudain en face de moi comme au sortir d'un rêve. Je me disais aussi qu'ils avaient peut-être réussi à envoyer quelque intermédiaire, qu'on allait dans ce même brouillard me faire monter sur-le-champ dans un navire pour m'expédier dans mon pays. Mais quand je pénétrai dans la demeure du Pacha, je compris bien vite que je ne retrouverais pas la liberté de sitôt : les gens s'y déplaçaient sur la pointe des pieds.

On me fit entrer dans une antichambre, puis, après une longue attente, dans une salle : un petit homme au visage amène était couché sur un divan sous une couverture. Un autre personnage, grand et costaud celui-là, se tenait à ses côtés. Celui qui était étendu sur le divan était le Pacha ; il m'ordonna d'approcher. Nous parlâmes ; il me posa quelques questions. Je lui expliquai que j'avais fait des études d'astronomie et de mathématiques, que j'avais des notions de mécanique, mais que je m'y connaissais également en médecine et que j'avais pu guérir un grand nombre de patients. Il me posa d'autres questions encore, et je me préparais à lui fournir d'autres explications, quand il me déclara que je devais être intelligent pour avoir appris si vite le turc ; il souffrait d'un mal auquel aucun médecin n'avait trouvé jusque-là remède, ajouta-t-il ; ayant entendu parler de moi, il désirait mettre mes talents à l'épreuve. À la façon dont le Pacha me décrivit sa maladie, j'aurais dû conclure qu'il s'agissait d'un mal étrange dont il était le seul sur terre à avoir été frappé, parce que ses ennemis avaient réussi à abuser le Seigneur par leurs mensonges. Alors qu'il souffrait tout simplement d'arthrose. Je l'interrogeai longuement, j'écoutai sa toux, puis je descendis dans les cuisines et, avec les ingrédients que j'y trouvai, je confectionnai de petites pastilles vertes à la menthe ; je préparai également un sirop contre la toux. Comme le Pacha craignait le poison, je dus avaler sous ses yeux une pastille avec une gorgée de sirop. Il me recommanda de sortir de la demeure en évitant d'être vu et de rentrer discrètement à la prison. L'intendant m'en fournit la raison : le Pacha avait peur d'éveiller la jalousie de ses médecins attitrés. Je retournai le voir le lendemain, je l'auscultai à nouveau, je renouvelai ses médecines. Le Pacha adorait les petites pastilles colorées que je posais dans sa paume. À mon retour dans ma cellule, je priai le Ciel de lui accorder la guérison. Le surlendemain, le vent souffla du nord, l'air était sain, vivifiant ; je me dis qu'un malade ne pouvait qu'être guéri par un temps pareil ; mais personne ne vint me chercher.

Quand, un mois plus tard, il me fit appeler en pleine nuit, le Pacha était sur pied et semblait bien gaillard. Je me réjouis quand je l'entendis réprimander ses gens sans en perdre le souffle. Il parut content de me revoir, me déclara que j'avais su le guérir et que j'étais un bon médecin. Il me demanda aussi ce que je souhaitais comme récompense. Je savais bien qu'il ne pouvait me rendre ma liberté sur-le-champ et me renvoyer chez moi. Je me plaignis donc de mon cachot et de mes chaînes ; je lui répétai que je pouvais me rendre plus utile en m'occupant de médecine, d'astronomie ou d'autres sciences, et qu'on m'épuisait inutilement en me faisant effectuer de rudes travaux. J'ignore s'il prêta attention à mes propos, et les gardiens m'extorquèrent la majeure partie des pièces d'or que contenait la bourse que j'avais reçue du Pacha.

Une semaine plus tard, l'intendant entra dans ma cellule toujours en pleine nuit et ôta mes chaînes après m'avoir fait jurer que je ne tenterais pas de m'échapper. Je continuais à participer aux corvées, mais les gardes me réservaient un traitement de faveur. Trois jours plus tard, quand le Maître des forçats m'apporta des vêtements neufs, je compris que je me trouvais désormais sous la protection du Pacha.

À présent, on me faisait appeler de riches demeures, toujours la nuit. Je confectionnais des médecines pour de vieux corsaires perclus de rhumatismes, pour de jeunes soldats qui souffraient de brûlures d'estomac ; j'administrais des saignées à tous ceux qui se plaignaient de démangeaisons, ou de maux de tête, ou encore à ceux dont le visage pâlissait étrangement. Après avoir ingurgité l'un de mes sirops, le fils bègue de l'un des valets se mit à parler normalement au bout d'une semaine et il me récita un poème de sa composition.

L'hiver s'écoula ainsi. Au début du printemps, j'appris que le Pacha, qui ne m'avait pas fait appeler depuis des mois, se trouvait en mer, à la tête de la flotte de la Méditerranée. Tout au long des chaudes journées d'été, les rares témoins de mon désespoir et de ma rage m'assurèrent que je ne devais pas me plaindre de ma condition, puisque je gagnais beaucoup d'argent en exerçant la médecine. Un ancien forçat, qui s'était converti à l'Islam, puis marié, me conseilla, lui, de tenter de m'évader : les Turcs, m'expliqua-t-il, avaient coutume de leurrer par de vaines promesses les captifs dont ils appréciaient les services — comme ils le faisaient avec moi — mais ne leur permettaient jamais de retourner dans leur pays. Je ne pouvais recouvrer la liberté qu'en devenant musulman, voilà tout ! Je me dis qu'il me parlait peut-être ainsi pour me tirer les vers du nez et je lui affirmai que je n'avais nullement l'intention de m'évader ; non seulement je n'en avais pas l'intention, mais je n'en avais pas le courage. Tous ceux qui le tentaient n'allaient pas bien loin ; ils étaient aussitôt repris et il me fallait la nuit aller dans leurs cachots soigner avec des onguents les blessures de ces infortunés, qui avaient été durement rossés.

Un peu avant l'automne, le Pacha rentra de son expédition à la tête de la flotte. Il salua le Sultan de nombreuses salves de canon et s'efforça d'éveiller l'enthousiasme et la bonne humeur dans la ville, comme l'année précédente. Mais, de toute évidence, la campagne ne s'était pas bien passée. On amena très peu de captifs dans la prison. Nous l'apprîmes par la suite : les Vénitiens avaient incendié six de leurs navires. Je cherchais le moyen de parler avec les nouveaux prisonniers, pour obtenir des nouvelles de mon pays. Mais la plupart étaient espagnols : silencieux, craintifs, ignorants, ils avaient à peine la force de mendier de la nourriture et d'implorer de l'aide. Un seul d'entre eux attira mon attention : il avait perdu un bras dans la bataille, mais il gardait espoir. Il racontait que l'un de ses aïeux avait vécu la même aventure, qu'il avait pu recouvrer ensuite la liberté, et qu'il avait alors écrit un roman de chevalerie avec le bras qui lui restait; il se disait persuadé qu'il se sauverait, lui aussi, pour faire la même chose. Plus tard, au cours des années où je dus inventer des histoires pour vivre, je pensai souvent à cet homme qui rêvait de vivre pour inventer des histoires. Très vite, une maladie fort contagieuse s'abattit sur la prison. Cette funeste épidémie — que je parvins à éviter en couvrant d'or mes gardiens — s'éloigna en emportant plus de la moitié des effectifs.

Ceux qui survécurent furent à nouveau envoyés à des travaux à l'extérieur. J'en étais dispensé, moi. À leur retour le soir, ils me racontaient leur journée; ils allaient jusqu'à l'extrémité de la Corne d'Or, et étaient placés sous la direction des maîtres menuisiers, des tailleurs, des peintres pour exécuter certains travaux artisanaux; ils construisaient des navires, des forteresses, des tours en carton. Nous l'apprîmes par la suite : la fille du Grand Vizir allait épouser le fils du Pacha; on préparait un mariage grandiose.

Un beau matin, on me fit appeler à la demeure du Pacha. Je m'y rendis en me disant qu'il souffrait sans doute à nouveau d'arthrose. Le Pacha recevait. On m'ordonna d'attendre dans son antichambre. Je m'assis. Au bout d'un moment, une porte s'ouvrit. Un homme de cinq à six ans plus âgé que moi apparut. À la vue de son visage, je fus stupéfait, frappé de terreur !

II

L'homme qui pénétrait dans la salle me ressemblait d'une façon incroyable. Mais c'est moi ! Voilà ce que je me dis tout d'abord. À croire que quelqu'un, pour me jouer un mauvais tour, m'avait introduit à nouveau dans cette salle, par la porte qui se trouvait juste en face de celle que j'avais franchie, en me déclarant : regarde bien, en vérité voilà ce que tu aurais dû être, tu aurais dû franchir ainsi ce seuil, avoir ces gestes, regarder ainsi l'Autre, le Toi assis dans cette pièce ! Nos regards se croisèrent, nous nous saluâmes. Mais lui n'avait guère l'air surpris. Je décidai alors que nous ne nous ressemblions pas vraiment ; il portait la barbe, et d'ailleurs j'avais l'impression d'avoir oublié à quoi ressemblait mon propre visage. Quand il s'assit en face de moi, je me dis que je ne m'étais pas regardé dans un miroir depuis toute une année.

Peu après, la porte par laquelle j'étais passé s'ouvrit, et on appela l'homme. Je continuais à attendre. Je me dis qu'il ne s'agissait pas là d'une plaisanterie adroitement préparée, mais tout simplement d'une illusion de mon esprit tourmenté. Car, à cette époque-là, je passais mes jours à rêvasser : on me remettait en liberté ; je rentrais à la maison, où j'étais accueilli avec joie ; ou encore, j'étais toujours sur le navire, je dormais dans ma cabine, et tout cela n'était qu'un mauvais rêve ; bref, des histoires que je m'inventais pour me consoler de mon sort.

J'étais sur le point de conclure que ce qui venait de m'arriver n'était qu'un de ces fantasmes devenu réalité, ou encore le signe que tout allait changer et que j'allais retrouver ma triste condition, quand la porte s'ouvrit. On m'appela.

Le Pacha se tenait debout, et l'homme qui me ressemblait, à quelques pas à l'écart. Je posai respectueusement mes lèvres sur le pan de la robe du Pacha ; il me demanda de mes nouvelles ; je tentai de lui parler des souffrances que j'endurais dans ma geôle et de mon désir de rentrer chez moi ; mais il ne m'écoutait même pas. Il s'en souvenait : je lui avais parlé de mes connaissances dans le domaine des sciences, de l'astronomie, de l'art des machines, mais m'y connaissais-je également dans l'utilisation de la poudre à canon et des feux d'artifice ? Je lui répondis aussitôt par l'affirmative, mais quand mon regard croisa celui de l'inconnu, je les soupçonnai de me tendre un piège.

Le Pacha nous exprima ses volontés : le mariage de son fils devait être d'une splendeur jamais vue jusque-là. Il désirait aussi des feux d'artifice qui devraient également surpasser tout ce qui s'était fait à ce jour. Quelques années plus tôt, à l'occasion de la naissance de l'actuel Sultan, au cours du défilé des artificiers placés sous les ordres d'un Maltais décédé depuis, l'homme qui me ressemblait et que le Pacha désignait uniquement sous le titre de Maître avait participé aux travaux ; il possédait quelques notions de pyrotechnie, mais le Pacha avait pensé que je pouvais l'aider dans ce travail. Lui et moi pourrions ainsi nous compléter. Et si les manifestations étaient couronnées de succès, le Pacha saurait nous en récompenser. Je me dis que c'était là l'occasion de lui avouer que mon seul souhait était de rentrer chez moi, mais le Pacha me demanda soudain si j'avais eu la possibilité depuis mon arrivée de coucher avec des femmes. À ma réponse négative, il me demanda à quoi pourrait me servir ma liberté si je n'éprouvais même pas ce désir. Il parlait avec des mots qu'utilisaient les gardiens de la prison, et je dus le regarder d'un air si ahuri qu'il éclata de rire. Puis il se tourna vers mon sosie, qu'il appelait toujours « Maître », en le désignant comme responsable des pièces d'artifice. Nous quittâmes la pièce.

Le lendemain matin, alors que je me rendais chez l'homme qui me ressemblait, je me disais que je n'avais certainement rien à lui apprendre. Mais il s'avéra que son savoir ne dépassait pas le mien. De plus, nos conclusions furent les mêmes : tout le problème était d'assurer une bonne composition de camphre. Pour y arriver, il s'agissait de calculer soigneusement les composants à l'aide de poids et de mesures et de mettre le feu aux mélanges ainsi obtenus devant les murs de la ville, pour en étudier les résultats.

Après avoir donné l'ordre à nos hommes, dont une foule d'enfants suivaient les faits et gestes avec admiration, d'allumer les charges ainsi préparées, le Maître et moi, debout au pied d'un arbre sombre, attendions avec émoi et curiosité les résultats, tout comme nous devions le faire, bien plus tard, et à la lumière du jour, à l'époque où nous nous consacrâmes à l'élaboration de notre incroyable engin. Ensuite, parfois au clair de lune, parfois dans les ténèbres, je m'efforçais à noter toutes mes observations dans un carnet. Avant de nous quitter pour la nuit, nous rentrions à la maison du Maître, qui donnait sur la Corne d'Or, et nous discutions longuement des résultats.

La maison était petite, désagréable, dénuée de tout attrait. On y parvenait par une rue tortueuse qu'un ruisseau d'eau sale, dont je ne pus jamais découvrir l'origine, couvrait constamment de boue. Il n'y avait pratiquement pas de meubles dans cette maison, mais chaque fois que j'y entrais, j'éprouvais un étrange sentiment de suffocation. Cette sensation de gêne était peut-être causée par cet homme, qui me demandait de l'appeler « Maître » parce qu'il n'aimait pas le nom reçu en héritage de son grand-père. Il m'épiait sans cesse, comme s'il voulait apprendre quelque chose de moi, sans trop savoir lui-même de quoi il s'agissait. Comme je n'arrivais pas à m'accoutumer aux banquettes alignées le long des murs, je restais debout au cours de nos discussions sur nos expériences et, parfois, j'arpentais la pièce d'un pas nerveux. Je crois bien que cela plaisait au Maître. Ainsi, il pouvait m'observer tout son soûl, même à la faible lumière de la lampe à huile.

Quand je sentais son regard peser sur moi, j'éprouvais de la gêne, parce qu'il ne semblait pas remarquer la ressemblance qui existait entre nous. À deux ou trois reprises, je me dis qu'il en était bien conscient, mais qu'il affectait de ne pas s'en apercevoir. C'était comme un jeu chez lui, une épreuve qu'il me faisait subir, acquérant ainsi des informations dont je n'étais pas conscient. Les premiers temps, il eut sans cesse pour moi le même regard, à croire qu'il apprenait des choses qui éveillaient en lui de nouvelles curiosités, mais qu'il n'osait pas faire un pas de plus pour approfondir cette étrange connaissance. Ce qui me mettait mal à l'aise, et rendait si suffocante l'atmosphère de la maison, c'était bien ce détachement. À vrai dire, sa réserve m'insufflait quelque courage, mais ne me rassurait pas. Un jour que nous parlions de nos expériences, et à une autre occasion encore, alors qu'il me demandait pourquoi je ne m'étais toujours pas converti à l'Islam, je devinai qu'il voulait insensiblement m'attirer dans une discussion, et je m'abstins de lui répondre. Lui comprit ma défiance, et je compris, moi, qu'il me méprisait. En ce temps-là, le seul point peut-être sur lequel nous nous retrouvions parfaitement d'accord, c'était le mépris que nous éprouvions l'un pour l'autre. Mais je me disais qu'ils me permettraient peut-être de rentrer dans mon pays si nous organisions ces feux d'artifice avec succès, du moins sans trop de déboires.

Une nuit, sous l'effet de l'enthousiasme et du sentiment de victoire suscités par l'extraordinaire portée d'une fusée, le Maître m'assura qu'il serait capable un jour de fabriquer une fusée qui pourrait même atteindre la Lune : il ne s'agissait à son avis que de bien calculer les proportions et les combinaisons, et de construire le récipient capable de transporter cette charge. Quand je lui fis remarquer que la distance entre la Terre et la Lune était très grande, il me coupa aussitôt la parole ; la Lune était fort lointaine, il le savait, mais ne s'agissait-il pas de l'astre le plus proche de nous ? Je lui donnai raison, ce qui ne le calma pas comme je l'espérais ; il en parut encore plus nerveux, mais il ne me dit rien d'autre.

Deux jours plus tard, en pleine nuit, il me posa à nouveau la question : comment pouvais-je être si certain que la Lune était l'astre le plus proche ? Nous pouvions très bien nous laisser abuser par une illusion optique. C'est alors que je lui parlai pour la première fois des études que j'avais faites dans le domaine de l'astronomie. Je lui expliquai brièvement les lois fondamentales de la cosmographie de Ptolémée. Je voyais qu'il m'écoutait avec beaucoup d'intérêt, mais il se taisait, dans la crainte de révéler sa curiosité. Un peu plus tard, quand je me tus, il me déclara qu'il connaissait, lui aussi, l'œuvre de Batlamyus, mais que cela ne l'empêchait pas de soupçonner la présence d'un astre plus proche de nous que la Lune. Vers le matin, il parlait de cette étoile comme s'il avait déjà acquis des preuves de cette présence.

Le lendemain, il me tendit un manuscrit assez mal calligraphié. Je parvins à le déchiffrer, en dépit des lacunes de mon turc : il s'agissait d'un abrégé, non pas de l'*Almageste*, mais rédigé à partir d'un premier résumé du livre. Je prêtai seulement attention aux noms arabes des planètes, mais à l'époque, j'étais incapable de m'y intéresser beaucoup. Voyant que le manuscrit que j'avais abandonné ne soulevait en moi aucune émotion, le Maître se mit en colère. Il avait donné sept pièces d'or pour ce traité, me dit-il ; il me fallait faire preuve de plus de modestie, parcourir au moins le livre et lui accorder plus d'intérêt ! Je rouvris donc le manuscrit, et alors que je le feuilletais avec la patience d'un écolier studieux, je tombai sur un diagramme primitif : les planètes y figuraient, par rapport à la

Terre, disposées dans des sphères d'un dessin fort primaire. Les positions des sphères étaient correctes, mais l'illustrateur n'avait de toute évidence aucune notion de la distance qui les séparait. Puis mon regard fut attiré par une petite planète située entre la Terre et la Lune. Je l'examinai plus attentivement. On devinait à la couleur de l'encre qu'elle avait été portée beaucoup plus tard sur le manuscrit. Après avoir examiné toutes les pages du traité, je le rendis au Maître. Il m'affirma alors qu'il allait découvrir cette petite étoile, et il n'avait pas l'air de plaisanter. Je ne dis rien et un silence tomba, qui sembla l'agacer autant que moi. Nous n'abordâmes plus ce sujet, car nous ne réussîmes jamais à lancer une fusée à une hauteur qui nous aurait ramenés à l'astronomie. Notre modeste réussite demeura un hasard, dont nous ne parvînmes jamais à percer le secret.

Cependant, pour ce qui était de l'intensité et de l'éclat de la lumière et de la flamme, nous obtenions de très bons résultats et nous connaissions fort bien le secret de nos réussites. Le Maître avait découvert, dans l'une des drogueries d'Istanbul qu'il visitait l'une après l'autre, une poudre dont l'herboriste lui-même ignorait le nom. Nous supposâmes que cette poudre jaunâtre, qui assurait un parfait éclat, était un mélange de soufre et de vitriol bleu. Par la suite, pour donner de la couleur à cet éclat, nous y ajoutâmes toutes les substances imaginables, mais nous n'obtînmes qu'un marron jaunâtre et un vert terne, trop proches l'un de l'autre. À en croire le Maître, ce résultat était pourtant le meilleur de tout ce qui avait été fait jusque-là à Istanbul.

Et il en fut de même pour le spectacle qui fut donné le deuxième jour du mariage. Tout le monde l'affirma, jusqu'à nos rivaux qui ourdissaient pourtant des machinations pour nous évincer de nos fonctions. Quand on nous apprit que le Sultan suivait les festivités de l'autre rive de la Corne d'Or, je fus pris d'émoi, frappé de terreur aussi à l'idée que quelque chose pourrait clocher et que je ne pourrais pas rentrer chez moi durant des années. Et je murmurai une prière quand on nous donna l'ordre de tout mettre en marche. Pour souhaiter la bienvenue aux invités et les préparer au divertissement, nous commençâmes par lancer des fusées sans couleur qui s'élevèrent tout droit dans le ciel. Aussitôt après, nous fîmes fonctionner le système à roues auquel le Maître et moi avions donné le nom de « Moulin ». En un instant, le ciel se teinta de rouge, de jaune et de vert, et le vacarme terrifiant dépassa tous nos espoirs. Au fur et à mesure que s'échappaient les fusées, les roues tournaient plus vite. Elles s'immobilisaient dans le ciel en illuminant la nuit, il y fit clair comme en plein jour. Un bref instant, je me crus à Venise : j'avais huit ans ; pour la première fois, j'assistais à pareil spectacle ; et j'étais malheureux comme je le suis à présent, car on avait donné mon costume rouge tout neuf à mon frère aîné qui, la veille, avait déchiré ses vêtements au cours d'une bagarre. Les fusées explosaient, du même rouge que le costume aux multiples boutons que je n'avais pu revêtir ce soir-là et que je me jurais de ne plus jamais porter. Et les boutons de ce vêtement trop étroit pour mon frère étaient eux aussi du même rouge.

Ensuite, nous mîmes en marche le système que nous appelions « la Fontaine ». Des flammes se répandirent d'un échafaudage d'une hauteur de cinq hommes. Les spectateurs installés sur l'autre rive les voyaient sûrement très bien et ils durent ressentir autant d'enthousiasme que nous quand les fusées se mirent à jaillir de la Fontaine. Mais nous ne voulions pas voir décroître leur admiration. Sur la Corne d'Or, des radeaux s'ébranlèrent ; les tours et les forts de carton lancèrent des fusées de leurs bastions, puis s'enflammèrent. Ces ouvrages représentaient les victoires remportées dans le passé. Et alors que défilait la flotte de l'année où je m'étais retrouvé captif, les vaisseaux faisaient pleuvoir des fusées sur un voilier, si bien que je revécus le jour de ma captivité. Alors que les bateaux de carton de la flotte ennemie s'enflammaient et coulaient, on pouvait entendre les spectateurs hurler : « Allah ! Allah ! » sur les deux rives. Puis nous fîmes lentement défiler nos dragons; des flammes surgissaient de leurs narines, de leurs oreilles, de leur gueule. Nous les fîmes s'animer et se battre entre eux et, conformément à nos plans, au début, aucun d'eux ne sortait victorieux du combat. Avec le lancement de nouvelles fusées, l'excitation s'accrut encore. Puis nos ouvriers installés sur des radeaux mirent les rouages en marche, et les dragons s'élevèrent lentement dans le ciel. Les gens poussaient des cris de stupeur et de terreur. Et, quand les dragons se jetèrent à nouveau les uns contre les autres dans un grand fracas, toutes les fusées furent mises à feu; les mèches que nous avions installées dans le corps de ces créatures furent allumées au bon moment, et toute la scène se transforma en un véritable enfer. Je compris que nous avions réussi quand j'entendis pleurer à grands cris un enfant près de nous; son père l'avait oublié et contemplait, bouche bée, le ciel terrifiant. Je me disais déjà que je pourrais bientôt rentrer dans mon pays. C'est alors que pénétra dans cet enfer, juchée sur un petit radeau invisible aux yeux des spectateurs, la créature que j'appelais « Satan ». Nous l'avions tellement bourrée de fusées que nous eûmes peur de voir le radeau exploser avec nos hommes. Mais tout se passa bien. Alors que les dragons disparaissaient après avoir épuisé tous leurs feux, notre Satan s'éleva brusquement dans le ciel, avec toutes ses fusées mises à feu; de tout son corps et tout autour de lui jaillissaient des boules de feu qui explosaient en pétaradant. À l'idée que nous avions plongé dans la terreur toute la ville d'Istanbul, je me sentis moi aussi envahi par l'émoi. J'avais l'impression de m'être finalement lancé avec audace dans ce que je voulais faire dans la vie, à croire que peu m'importait, à ce moment-là, la ville où je me trouvais! J'aurais voulu que le démon demeure suspendu là-haut toute la nuit, à répandre ses flammes sur nous tous. Mais après s'être un peu balancé d'un côté puis de l'autre, il redescendit sur la Corne d'Or sans atteindre personne, en faisant hurler d'enthousiasme les spectateurs massés sur les deux rives. Les flammes continuaient à jaillir de sa carcasse quand il s'enfonça dans l'eau.

Le lendemain matin, le Pacha fit porter au Maître une bourse pleine de pièces d'or, exactement comme dans les contes; il lui faisait connaître sa satisfaction du divertissement, mais il ajoutait que la victoire de Satan l'avait quelque peu choqué. Nous poursuivîmes durant dix jours les feux d'artifice. Dans la journée, les maquettes incendiées étaient réparées, nous imaginions de nouveaux jeux et nous faisions remplir les fusées par les captifs que l'on faisait venir de leur prison. Atteint au visage à la suite de la mise à feu de dix sacs de poudre, l'un des esclaves en perdit les deux yeux.

Une fois les festivités terminées, je ne vis plus le Maître. Je me sentais plus à l'aise parce que j'échappais ainsi au regard jaloux de cet homme qui me surveillait avec curiosité tout au long du jour; mais cela ne m'empêchait pas de me remémorer les journées si bien remplies que j'avais vécues à ses côtés. Je comptais bien, une fois rentré au pays, parler à tous de cet homme qui, bien que me ressemblant étrangement, ne faisait jamais allusion à cette ressemblance. Je restais dans mon cachot et, pour passer le temps, je m'occupais des malades. Quand j'appris que le Pacha me faisait appeler, ému, quasiment heureux, je courus chez lui. Il m'adressa quelques brèves félicitations : tout le monde était satisfait du spectacle, les invités s'y étaient beaucoup amusés; de toute évidence, j'avais beaucoup de talents, et ainsi de suite. Et brusquement, il en vint au sujet : il était prêt à me rendre ma liberté si je me convertissais à l'Islam. Frappé de stupeur, je lui répondis que je voulais rentrer chez moi, et, bégayant sous l'effet de la surprise, je m'abaissai même à lui parler de ma mère et de ma fiancée. Le Pacha répéta sa proposition en faisant mine de n'avoir rien entendu. Je gardai un instant le silence. Je ne sais pourquoi, je pensais à certains de mes amis d'enfance, paresseux et indisciplinés; des enfants qui osaient lever la main sur leur père et que tout le monde détestait. Quand je déclarai enfin que je ne changerais pas de religion, le Pacha se mit en colère. Je retournai à mon cachot.

Trois jours plus tard, il me fit de nouveau appeler. Ce jour-là, il semblait de fort bonne humeur. Je n'avais pas pris ma décision, car je me demandais encore si ma conversion ne pourrait pas faciliter ma fuite. Le Pacha me posa à nouveau la question et ajouta qu'il me trouverait lui-même une jolie fille et se chargerait de mes noces ! Pris de courage, je lui déclarai que je refusais de me convertir. Interloqué tout d'abord par ma réponse, il m'affirma que je n'étais qu'un sot ! Personne, dans mon entourage, ne me blâmerait de changer de religion. Ensuite, il me parla de l'Islam. Et quand il eut terminé son propos, il me renvoya à la prison.

À ma troisième visite, je ne fus pas reçu par le Pacha. Son intendant me demanda si j'avais pris une décision. J'aurais pu encore changer d'avis ; mais certainement pas parce qu'un simple intendant me posait la question ! Je lui répondis que je n'étais pas prêt à me convertir. L'homme me prit alors par le bras et me fit descendre au rez-de-chaussée, où il me remit à un valet. C'était un homme très grand, long et mince comme les personnages qui hantaient souvent mes rêves. Il me mena dans un coin du jardin en me tenant les bras avec compassion, comme si j'étais un convalescent. Un troisième homme — grand et costaud, et trop réel pour faire partie de mes rêves, celui-là — vint nous rejoindre. Ils s'arrêtèrent au pied d'un mur et me lièrent les mains. Chacun d'eux portait une petite hache à la main. Ils m'avertirent que le Pacha avait ordonné de me trancher le cou, au cas où je persisterais à refuser de me convertir. La stupeur me cloua sur place.

Pas si vite, me disais-je. Eux me regardaient avec pitié. Je ne leur répondis pas ; pourvu qu'ils ne me posent pas à nouveau la question, me disais-je simplement. Au bout d'un moment, ils me la posèrent. Si bien que ma religion devint à mes yeux une chose pour laquelle je pourrais aisément sacrifier ma vie. Ce qui m'inspirait de l'estime et de la pitié pour moi-même, tout comme semblaient en éprouver ces deux hommes qui, par leur question, rendaient encore plus difficile ma conversion. Alors que je m'efforçais à penser à autre chose, une image s'éleva sous mes yeux : celle que je pouvais voir d'une fenêtre donnant sur le jardin, à l'arrière de notre maison. Sur un plateau incrusté de nacre, posé sur une table, il y avait des pêches et des cerises, et derrière la table, une banquette d'osier sur laquelle étaient disposés des coussins de plume du même vert que le cadre de la fenêtre. À l'arrière-plan, j'apercevais un puits, un moineau posé sur la margelle, des cerisiers et des oliviers. Une escarpolette, retenue par de longues cordelettes à l'une des plus hautes branches d'un noyer, se balançait dans la brise légère. Quand ils me posèrent à nouveau la question, je déclarai que je ne renierais jamais ma foi. Il y avait là un billot; ils me forcèrent à m'agenouiller et à poser la tête sur le billot. Je fermai les yeux, puis les rouvris. L'un des hommes redressa sa hache. L'autre me dit que je regrettais peut-être mon refus; ils me remirent sur mes pieds. Il me fallait réfléchir encore un peu, décidèrent-ils.

Alors que je réfléchissais, ils entreprirent de creuser une fosse tout près du billot. Je me dis qu'ils allaient donc m'enterrer sur place, et en moi, outre la peur de mourir, surgit la peur d'être enterré vivant. Je me répétais que je pourrais prendre ma décision avant qu'ils aient terminé de creuser ma tombe, mais ils ne firent qu'un petit trou dans le sol et se rapprochèrent de moi. Je me dis alors que ce serait idiot de mourir, je décidai de me faire musulman, mais je n'en avais plus le temps. Si j'avais pu me retrouver en prison, dans ce cachot familier qui m'était devenu cher, j'aurais pu réfléchir jusqu'au matin et décider de me convertir, mais cette décision, j'étais incapable de la prendre sur-le-champ.

Ils me ramenèrent au billot, me forcèrent à nouveau à m'agenouiller. Avant de poser ma tête sur le billot, je fus très surpris de voir errer une forme humaine entre les arbres, comme si elle avait des ailes : c'était moi, je portais la barbe et j'avançais sans bruit, sans toucher le sol de mes pieds. Je tentai de m'adresser à cette apparition qui était la mienne et qui marchait entre les arbres, mais je n'y parvenais pas, car ma tête était pressée contre le billot. Je me dis qu'il n'y avait aucune différence entre le sommeil et le sort qui m'attendait, et je me laissai aller; j'attendais, je sentais le froid sur ma nuque et sur mon dos, je ne voulais plus réfléchir, mais je réfléchissais et j'avais froid. Alors les hommes me firent lever et m'adressèrent des reproches : le Pacha allait être furieux ! Ils me morigénaient tout en me libérant de mes liens : j'étais l'ennemi de Dieu et de Mahomet. Ensuite, ils me ramenèrent à la demeure.

Après m'avoir permis de baiser le pan de sa robe, le Pacha me traita avec bienveillance; il déclara qu'il avait de l'estime pour moi parce que j'avais refusé, au péril de ma vie, de renier ma foi. Mais très vite, il se mit à m'admonester : je m'obstinais inutilement, d'autant plus que l'Islam était une religion supérieure aux autres, me dit-il, et encore bien des choses de ce genre. Il s'échauffait tout en parlant; il déclara qu'il avait eu l'intention de m'infliger le châtiment que je méritais. Puis il m'expliqua qu'il avait fait une promesse à quelqu'un. Je devinai à cette introduction qu'il cherchait ainsi à m'éviter certains ennuis. Je compris enfin que l'homme à qui il avait fait cette promesse et qui semblait être quelqu'un d'assez bizarre, à en juger par ce que m'en disait le Pacha, n'était autre que le Maître. Au même instant d'ailleurs, le Pacha ajouta qu'il lui avait fait don de ma personne. Comme je n'avais pas l'air de bien comprendre ce que cela signifiait, le Pacha s'expliqua : dorénavant, j'étais l'esclave du Maître; il lui avait remis une patente. Désormais, c'était le Maître qui pouvait m'accorder ou me refuser mon affranchissement, il avait toute liberté pour décider de mon sort. Sur ce, le Pacha quitta la pièce.

Le Maître se trouvait à la demeure; il m'attendait au rez-de-chaussée. Alors seulement je compris que c'était lui que j'avais aperçu entre les arbres du jardin. Nous nous rendîmes à pied chez lui. Il me déclara qu'il avait toujours su que je refuserais de me convertir. Il avait déjà fait préparer une chambre pour moi. Il me demanda si j'avais faim. Encore sous l'effet de la peur de la mort, je me sentais incapable de manger. Je parvins cependant à avaler une bouchée de pain et le yogourt qu'il posa devant moi. Le Maître, lui, me regardait manger avec bonne humeur. Il m'observait de l'œil du paysan qui nourrit un beau cheval nouvellement acquis et se réjouit en pensant au travail qu'il lui fera accomplir. J'eus souvent l'occasion de penser à ce regard jusqu'aux jours où il m'oublia, plongé qu'il était dans les détails de sa théorie de cosmographie et de l'horloge qu'il avait l'intention de présenter au Pacha.

Ensuite, il me dit que je devais « tout » lui enseigner. C'était là la raison pour laquelle il avait demandé au Pacha de lui offrir l'esclave que j'étais. Ensuite seulement, il pourrait m'affranchir. Il me fallut des mois pour découvrir ce qu'il entendait par « tout ». Il s'agissait de toutes les connaissances que j'avais acquises dans les écoles et les collèges — lui utilisait le mot *médressè* —, tout ce qui s'enseignait dans mon pays sur l'astronomie, la médecine, le génie, toute la science ! Et aussi, tout ce qui était écrit dans les livres qui se trouvaient dans mon cachot et qu'il fit apporter dès le lendemain ; tout ce que j'avais vu ou entendu, et tout ce que je pensais des lacs et des nuages et des mers et des fleuves et des causes des tremblements de terre et aussi du tonnerre... Sur le minuit, il ajouta qu'il était particulièrement intéressé par les étoiles et les planètes. Le clair de lune pénétrait dans la pièce par la fenêtre ouverte. Il me dit qu'il nous fallait découvrir les preuves de l'existence — ou de l'inexistence — de cette petite étoile entre la Terre et la Lune. Alors que je ne pouvais m'empêcher d'observer, du regard d'un homme qui, le jour même, avait vu la mort de près, la ressemblance troublante entre cet homme et moi, il cessa d'utiliser le mot « enseigner » : nous allions, ensemble, faire des recherches et des découvertes, « progresser » ensemble.

Ce fut ainsi que nous nous mîmes au travail, tels deux frères, deux bons élèves qui font consciencieusement leurs devoirs même lorsque les adultes ne sont pas en train de les épier par la porte entrouverte. Au début, j'avais l'impression d'être davantage le frère aîné, plein de bonne volonté, qui se résigne à réviser toutes ses anciennes connaissances afin d'en faire profiter son fainéant de frère. Quant au Maître, il se conduisait comme le cadet intelligent, tentant de prouver que son aîné n'en sait guère plus que lui. Il estimait que la différence entre nos connaissances ne dépassait pas le nombre de livres qu'il avait fait apporter de mon cachot et ranger sur une étagère, et de ceux dont j'avais gardé le souvenir. Quand, grâce à son intelligence et son ardeur au travail, il eut en l'espace de six mois suffisamment appris l'italien — dont il perfectionna par la suite la connaissance — pour arriver à lire tous mes livres, quand il m'eut fait répéter tout ce que je savais moi-même, je ne lui étais plus supérieur en rien. Toutefois, il se comportait comme s'il disposait d'un savoir plus « naturel » et qui dépassait de beaucoup tout ce qui était écrit dans les livres — il affirmait d'ailleurs que la plupart de ces livres ne présentaient aucun intérêt. Ainsi, six mois après nous être mis au travail, nous n'étions plus deux compagnons apprenant des choses ensemble, progressant ensemble. C'était lui qui avait les idées et moi, je ne servais plus qu'à lui rappeler certains détails de son travail, je ne l'aidais plus qu'à réviser ses connaissances.

Ces « idées », dont j'ai oublié la plupart, il les trouvait surtout la nuit, bien après un repas toujours improvisé, une fois toutes les lumières éteintes et le quartier plongé dans le silence. Le matin, il allait enseigner à l'École des Jeunes reliée à une mosquée, à deux quartiers de distance. Et deux fois par semaine, il se rendait à la Chambre des Horaires d'une autre mosquée, dans un lointain quartier où je ne mis jamais les pieds. Le reste du temps, nous le passions à préparer ces « réflexions » nocturnes ou à les poursuivre. À cette époque-là, je conservais encore l'espoir de pouvoir bientôt rentrer chez moi. Je ne le contredisais jamais, car je me disais que toute discussion sur ces « réflexions », dont je n'écoutais les détails qu'avec peu d'intérêt, ne servirait qu'à retarder mon retour au pays.

Nous passâmes ainsi la première année, plongés dans l'astronomie, à la recherche de l'existence de cette étoile imaginaire. Tout en travaillant sur le télescope pour lequel il avait fait venir à grands frais des lentilles des Flandres, avec des instruments d'observation et des règles et équerres, le Maître finit par oublier sa planète imaginaire ; il décida de se consacrer à un problème beaucoup plus important et il déclara que nous allions discuter du système de Ptolémée, mais nous n'en discutions pas ; lui parlait, moi, j'écoutais ; il dénonçait la stupidité des sphères transparentes où seraient suspendues les étoiles, il y avait sans doute autre chose qui les retenait là-haut, une force invisible, une force d'attraction, par exemple, puis il avança l'idée que, tout comme le Soleil, la Terre tournait peut-être autour d'autre chose, toutes les étoiles tournaient peut-être autour d'un autre corps céleste, dont nous ignorions l'existence. Plus tard, prétendant que ses idées pouvaient être plus compréhensibles que celles de Batlamyus, il étudia un grand nombre d'autres étoiles dans une cosmographie beaucoup plus vaste ; il avança des théories pour un nouveau système ; la Lune tournait peut-être autour de la Terre, et la Terre autour du Soleil ; le centre du système était peut-être Vénus, mais il se lassa bien vite de ces théories. Il en était arrivé à prétendre que le problème le plus urgent n'était pas de présenter ces nouvelles idées, mais de faire connaître aux hommes de ce pays les astres et leurs mouvements, et il se proposait de commencer par Sadik Pacha, quand nous apprîmes que ce dernier avait été banni à Erzurum. On racontait qu'il avait participé à un complot qui avait avorté.

Au cours des années que nous passâmes à attendre le retour

du Pacha, nous fîmes des recherches, pour un traité que le Maître voulait écrire sur les courants du Bosphore et leurs causes; nous parcourûmes des mois durant les collines qui bordent le détroit, dans un vent qui nous pénétrait jusqu'à la moelle des os, à contempler la façon dont coulaient les eaux, et dans les vallons, des flacons à la main, à mesurer la température et le courant des rivières qui s'écoulent dans le Bosphore.

Lors d'un séjour de trois mois à Guebzé où nous nous étions rendus à la demande du Pacha, pour y régler une affaire à lui, les divergences entre les heures des prières indiquées par les diverses mosquées inspirèrent une nouvelle idée au Maître : il allait concevoir une horloge qui marquerait ces heures de la manière la plus rigoureuse. C'est à cette époque-là que je lui fis découvrir ce qu'était une table. Quand je rapportai celle que j'avais commandée à un menuisier du pays en lui fournissant les dimensions, elle ne plut guère au Maître : ce nouveau meuble lui faisait penser aux dalles sur lesquelles on lave les morts, il devait sûrement porter malheur. Mais, par la suite, il s'accoutuma à la table et aux chaises et déclara qu'elles lui permettaient de mieux réfléchir et d'écrire plus aisément. Quand nous rentrâmes à Istanbul, pour y faire confectionner des rouages elliptiques correspondant à l'arc décrit par le Soleil, afin de déterminer les heures exactes des prières, notre table nous y suivit, juchée sur un âne.

Durant les premiers mois de nos travaux, assis face à face devant cette table, le Maître s'efforçait à comprendre : étant donné que le monde était rond, comment devaient être indiquées les heures des prières et du jeûne dans les pays nordiques, là où varie tellement la durée du jour et de la nuit ? Il se posait une autre question : existait-il un point du monde où l'on pouvait se retrouver toujours face à La Mecque, sous n'importe quel angle ? Quand il remarquait que je ne m'intéressais pas à ces problèmes, qu'en mon for intérieur, j'estimais d'ailleurs fort dérisoires, le Maître me traitait avec mépris, mais à l'époque, je me disais qu'il ressentait « ma supériorité », « ma différence », et s'irritait peut-être parce qu'il devinait que je m'en rendais compte. Il parlait autant de l'intelligence que du savoir ; il comptait bien impressionner le Pacha à son retour à Istanbul, avec son nouveau système de cosmographie que, d'ici là, il développerait davantage encore et rendrait à tous compréhensible grâce à ses « modèles ». Et avec cette horloge aussi, il pourrait semer les graines d'une renaissance de ce pays, en communiquant à tous ses concitoyens sa propre curiosité. Nous attendions, lui et moi.

III

En ces jours-là, il étudiait le moyen de développer un mécanisme avec des rouages d'une taille permettant de remonter une horloge une fois par mois, au lieu de le faire chaque semaine. Une fois réalisé un tel mécanisme, il avait l'intention de créer une horloge qui serait remontée une fois par an. Mais pour y parvenir, il fallait, disait-il, disposer de l'énergie nécessaire pour mettre les rouages en mouvement, et donc accroître leur nombre et leur poids en fonction des intervalles prévus pour le remontage du mécanisme. Mais entre-temps, il apprit, par ses collègues à la Chambre des Horaires de la mosquée, le retour d'exil du Pacha.

Dès le lendemain, il courut à la demeure présenter ses félicitations au Pacha, qui le remarqua aussitôt dans la foule des visiteurs et lui témoigna beaucoup d'intérêt. Il le questionna sur ses découvertes et lui demanda même de mes nouvelles. Cette nuit-là, nous la passâmes à démonter et à remonter l'horloge, nous ajoutâmes çà et là des éléments sur notre « modèle » de l'univers, en rehaussant d'un coup de pinceau les couleurs des étoiles. Le Maître me lut certaines pages du texte qu'il avait rédigé dans une langue aussi pompeuse que poétique, dans le dessein d'impressionner ses auditeurs, et qu'il avait appris par cœur. Vers le matin, afin de recouvrer son calme, il récita à l'envers le texte, qui traitait de la rotation des astres. Puis il fit venir une charrette, y chargea les instruments et prit la direction de la demeure du Pacha. Je regardai s'éloigner l'horloge et le « modèle » qui, depuis des mois, tenaient tant de place dans la maison, et je fus surpris de les voir si minuscules sur cette charrette tirée par un seul cheval. Le Maître rentra fort tard cette nuit-là.

Après avoir déchargé la charrette dans le jardin de la demeure et une fois que le Pacha eut examiné les machines avec le sang-froid d'un vieillard désagréable, incapable de goûter la plaisanterie, le Maître avait entrepris de lui réciter son texte. Le Pacha s'était alors souvenu de moi : « Est-ce que c'est lui qui t'a appris tout ça ? » lui avait-il dit, dans les termes mêmes que le Sultan utiliserait bien des années plus tard. Telle avait été son attitude. La réponse du Maître avait été encore plus stupéfiante : « Qui ça ? » avait-il demandé, avant de comprendre qu'il s'agissait de moi. Il avait alors expliqué au Pacha que je n'étais qu'un idiot qui avait fait quelques études. Quand il me rapporta cette conversation, le Maître ne s'intéressait pas du tout à ma personne : il n'avait encore en tête que ce qui s'était passé chez le Pacha. Il avait alors affirmé avec insistance qu'il s'agissait là uniquement de ses propres inventions, mais le Pacha s'était entêté à ne pas le croire, il semblait chercher quelqu'un à blâmer et se refusait à croire coupable le Maître qu'il aimait tant.

Si bien qu'au lieu de discuter astronomie, ils avaient parlé de moi. Je devinais que le Maître n'avait guère apprécié le sujet de cette conversation. Il y avait alors eu un long silence, puis l'intérêt du Pacha s'était tourné vers les autres visiteurs autour d'eux. Quand, au cours du souper, le Maître avait à nouveau tenté de ramener la conversation sur l'astronomie et sur ses inventions, le Pacha lui avait dit qu'il cherchait à se souvenir de moi, mais que seul le visage du Maître lui revenait en mémoire. Les convives étaient nombreux. La conversation avait alors porté sur un autre sujet : les hommes étaient-ils créés par paires ? Des exemples fort exagérés avaient été évoqués : il avait été question de jumeaux que leur propre mère confondait, de sosies pris d'épouvante en se découvrant mutuellement, mais incapables ensuite de se séparer, comme envoûtés, de bandits se faisant passer pour des innocents. Alors que les visiteurs prenaient congé, le Pacha avait demandé au Maître de rester encore un moment ; mais quand le Maître reprit la parole, le Pacha, au début, ne sembla guère prendre plaisir à l'écouter, il avait même l'air mécontent, agacé par ce flot de connaissances confuses qui lui demeuraient incompréhensibles. Après avoir entendu pour la troisième fois le discours que le Maître avait si bien retenu par cœur, et vu la Terre et les étoiles tourner à plusieurs reprises sous ses yeux, il parut avoir compris quelque chose ou, du moins, il avait sans doute fini par éprouver quelque intérêt pour le sujet, et s'était mis à écouter ce que lui racontait le Maître. Ce que voyant, le Maître avait répété avec véhémence que les astres évoluaient ainsi et non comme tout le monde l'imaginait. « Bon, avait alors dit le Pacha, j'ai compris, c'est bien possible, pourquoi pas, après tout ? » Le Maître n'avait pas répondu.

Je suppose qu'avait alors régné un long silence dans la pièce. « Pourquoi s'est-il tu, pourquoi n'est-il pas allé plus loin ? » murmura le Maître qui fixait les ténèbres de la Corne d'Or, planté devant la fenêtre. Si c'était là une question qu'il me posait, je n'en connaissais pas plus que lui la réponse. À vrai dire, je soupçonnais vaguement qu'il avait une idée sur ce « plus loin ». Mais il ne s'expliqua pas davantage. Il semblait gêné par le fait que « les autres » étaient différents de lui. Par la suite, le Pacha s'était intéressé à l'horloge, il la lui avait fait démonter, s'était fait expliquer les fonctions de l'engrenage, le mécanisme et les contrepoids. Puis, craintivement, comme s'il se trouvait devant l'antre sombre, terrifiant, d'un serpent, il avait fourré le doigt dans l'instrument qui tictaquait impitoyablement, pour le retirer aussitôt. Le Maître lui parlait des tours d'horloge et décrivait le pouvoir de la prière si elle était récitée par tous les fidèles au même instant exactement, quand le Pacha avait laissé exploser son mécontentement : « Débarrasse-toi de lui ! avait-il crié. Par le poison, si tu veux, ou alors affranchis-le, tu retrouveras la paix ! » Je dus alors lancer au Maître un regard de crainte et d'espoir. Car il ajouta aussitôt qu'il ne me rendrait pas la liberté avant qu'« ils » n'aient compris.

Je ne lui demandai pas ce qui devait être compris. C'était peut-être un pressentiment, j'avais sans doute peur d'apprendre que le Maître l'ignorait lui-même. Ensuite, ils avaient abordé d'autres sujets. L'air maussade, le Pacha se contentait de jeter des regards impatients sur les instruments disposés devant lui. Conservant cependant l'espoir de voir le Pacha lui témoigner de l'intérêt et bien que sachant que sa présence n'était plus désirée, le Maître avait quitté très tard la demeure, après avoir fait recharger les instruments dans la charrette. J'imaginai aussitôt, dans l'une des maisons bordant les rues sombres et silencieuses, un inconnu qui n'arrivait pas à trouver le sommeil : à travers le vacarme des roues, il entendait le tic-tac de la grande horloge et en était saisi d'inquiétude...

Le Maître resta debout jusqu'au point du jour. Je voulus remplacer la chandelle qui s'était éteinte. Il m'en empêcha. Devinant qu'il attendait de moi un commentaire, je lui dis : « Le Pacha finira par comprendre. » Ces paroles, je les prononçai dans le noir. Il savait peut-être que je ne croyais pas à ce que je disais, mais au bout d'un moment, il se remit à parler. Le problème, dit-il, c'était de découvrir ce que le Pacha avait en tête quand il s'était arrêté de parler.

Dans l'espoir de percer ce secret, il retourna voir le Pacha à la première occasion. Ce jour-là, le Pacha l'avait, semblait-il, accueilli avec bonne humeur ; il lui avait déclaré qu'il avait bien saisi le sens de ses travaux, tout au moins le but que le Maître se fixait. Après l'avoir ainsi consolé, il lui avait conseillé de travailler sur un projet d'arme. « Une arme qui ferait de l'univers une geôle pour nos ennemis ! »

Telles avaient été ses paroles ; mais il n'avait pas précisé de quel genre d'arme il pouvait s'agir. En tout cas, il avait semblé prêt à user de son influence pour soutenir le Maître, si celui-ci canalisait son savoir en ce domaine. Naturellement, le Pacha n'avait fait aucune allusion au bénéfice que nous avions espéré. Il s'était contenté d'offrir au Maître une bourse pleine d'*aktché**. Nous l'ouvrîmes et comptâmes les pièces : il y en avait dix-sept, un nombre curieux ! Après lui avoir remis cette bourse, le Pacha lui avait déclaré qu'il espérait convaincre le Sultan de lui accorder une audience. En ajoutant que l'enfant était curieux de « ces choses-là ».

Ni le Maître, pourtant naturellement enclin à l'enthousiasme, ni moi-même n'avions pris cette promesse au sérieux. Mais une semaine plus tard, nous reçûmes un message : le Pacha nous annonçait qu'il allait nous présenter — eh oui ! j'étais également invité — au Sultan après le souper du jeûne du Ramadan.

Pour se préparer à cet honneur, le Maître apporta quelques changements à l'exposé qu'il avait présenté au Pacha, de façon à ce qu'il devînt compréhensible pour un enfant de neuf ans, et il apprit par cœur cette nouvelle version. Mais, Dieu sait pourquoi, il semblait beaucoup plus préoccupé par le Pacha que par l'audience accordée par le Sultan. Oui, pourquoi le Pacha s'était-il interrompu ? Le Maître comptait bien percer un jour ce mystère. Que pourrait être cette arme, dont le Pacha exigeait de nous l'invention ? Je n'avais plus guère l'occasion d'émettre une idée à ce sujet, le Maître y travaillait seul. Durant les heures où il s'enfermait dans sa chambre, jusque

* *Aktché* : monnaie d'argent. *(N.d.T.)*

tard dans la nuit, je passais mon temps assis devant ma fenêtre, l'esprit vide ; je ne me demandais même plus quand je pourrais rentrer dans mon pays ; tel un enfant un peu simplet, je rêvassais, j'imaginais des choses : ce n'était pas le Maître qui travaillait penché sur la table, mais c'était moi, j'étais libre d'aller où bon me semblait et quand je voulais !

Vers le soir, nous chargeâmes nos instruments sur une charrette et nous rendîmes au Sérail. À présent, j'aimais les rues d'Istanbul ; je m'imaginais être devenu un homme invisible, traversant ces rues tel un fantôme, passant entre les grands platanes, les marronniers et les arbres de Judée qui emplissaient les jardins. Arrivés au Palais, les valets nous aidèrent à installer nos instruments à un endroit qu'on nous indiqua, dans la deuxième cour intérieure.

Le Sultan était un enfant aimable, avec de bonnes joues rouges, petit pour son âge. Il tripotait nos instruments comme s'il s'agissait de ses jouets. Je ne saurais dire aujourd'hui si j'éprouvai ce jour-là le désir d'être de son âge et de devenir son ami, ou si ce sentiment me prit seulement quinze ans plus tard, quand nous nous rencontrâmes à nouveau. Ce qui est certain, c'est que je sentis aussitôt qu'il ne fallait pas faire de mal à cet enfant. Le Maître, lui, ne se décidait pas à parler, les courtisans qui entouraient le Sultan l'observaient avec curiosité. Il se retrouva enfin capable de s'exprimer. Il avait ornementé son exposé d'éléments entièrement nouveaux. Il parla des étoiles comme s'il s'agissait d'êtres doués de raison ; il les compara à des créatures aussi mystérieuses qu'attrayantes, connaissant la géométrie et l'arithmétique, et qui se mouvaient en appliquant leurs connaissances. Et plus il remarquait l'effet de ses paroles sur l'enfant, qui redressait de temps en temps la tête pour contempler le ciel avec admiration, plus son discours se faisait éloquent. Voici les sphères translucides, suspendues dans les airs où tournent les étoiles, et Vénus est là, voyez comment elle se déplace, et cette énorme chose qui se trouve là, c'est la Lune, ce qui signifie qu'elle se déplace de façon entièrement différente, disait le Maître, et à mesure qu'il faisait tourner les astres, les clochettes fixées sur le modèle résonnaient avec un son agréable ; craintif, l'enfant reculait d'un pas, puis prenant son courage à deux mains, il revenait à l'instrument qui tintait encore, comme s'il s'approchait d'un coffret magique en s'efforçant d'en saisir le secret.

Aujourd'hui, alors que je travaille à m'inventer un passé, je me dis qu'il s'agit là d'une image de bonheur convenant aux contes de fées de mon enfance et aux peintres qui les illustraient. Il n'y manquait plus que de petites maisons coiffées de tuiles rouges, qui font penser à des gâteaux ou à ces globes de verre où l'on voit la neige tomber quand on les renverse. Puis l'enfant se mit à poser des questions, auxquelles le Maître s'empressait de fournir des réponses.

Comment ces étoiles demeuraient-elles suspendues dans le firmament ? Elles étaient retenues par des sphères ! Quelle était la matière de ces sphères ? Une matière translucide qui les rendait transparentes ! Ne leur arrivait-il pas de se heurter ? Non, elles étaient superposées comme sur cette maquette ! Il y avait tant d'étoiles dans le ciel, pourquoi n'y avait-il pas autant de sphères ? Parce que les autres étaient bien trop loin ! À quelle distance ? À une distance énorme, énorme ! Mais ces autres étoiles avaient-elles, elles aussi, des clochettes qui résonnaient quand elles tournaient ? Non, nous avions posé ces clochettes pour indiquer que les étoiles avaient accompli leur révolution complète ! Y avait-il un lien entre ces sonneries et le tonnerre ? Non, il n'y en avait pas ! À quoi était lié le tonnerre, alors ? À la pluie. Allait-il pleuvoir demain ? Non, à en juger par l'aspect du ciel ! Qu'annonçait le ciel au sujet du lion du Sultan, celui qui était malade ? L'animal allait guérir, mais il fallait faire preuve de patience, et ainsi de suite...

Quand il avait donné son avis sur la guérison du lion, le Maître avait tenu les yeux fixés sur le ciel, comme il l'avait fait en parlant des astres. À notre retour à la maison, il revint sur ce détail, en refusant d'y attacher de l'importance. À son avis, l'important, ce n'était pas que l'enfant puisse distinguer le savoir du sophisme, mais qu'il puisse comprendre « certaines choses ». À nouveau, il utilisait ces mots, et de plus, il le faisait comme si j'avais remarqué moi-même ce qu'étaient ces « choses ». Quant à moi, je me disais que dorénavant, ma conversion à l'Islam ne changerait rien à rien. La bourse qui nous avait été remise à notre sortie du Palais contenait exactement cinq pièces d'or. Le Maître affirma que le Sultan avait deviné qu'il y avait une logique dans les mouvements des astres. Ah ! Ce Sultan, je ne l'ai connu que plus tard, bien plus tard ! Je fus surpris de voir surgir la même lune devant les fenêtres de notre maison, je mourais d'envie de redevenir un enfant ! Le Maître ne put s'empêcher de revenir sur le même sujet : cette question sur le lion n'avait aucune importance ! L'enfance aimait les animaux, voilà tout !

Le lendemain, il s'enferma dans sa chambre et se remit au travail. Quelques jours plus tard, il fit à nouveau charger l'horloge et les étoiles sur la charrette, sous les regards méfiants derrière les fenêtres grillagées, et il prit cette fois la direction de l'École des Jeunes. À son retour le soir, le Maître avait l'air très malheureux ; pas au point cependant de garder le silence. « Je me disais que les enfants comprendraient, eux aussi, comme le Sultan, mais je me trompais ! » déclara-t-il. Ils avaient tout simplement eu peur. Quand, après quelques commentaires, le Maître leur avait posé des questions, l'un des enfants avait répondu que de l'autre côté du ciel se trouvait l'enfer, puis il s'était mis à pleurer.

La semaine suivante, le Maître la consacra à se persuader de l'intelligence du Sultan. Il me rappelait chacune des minutes que nous avions passées dans la cour du Sérail, et me faisait confirmer les preuves qu'il en avançait. Oui, l'enfant était intelligent, à son âge il savait réfléchir déjà, oui, il avait assez de personnalité pour échapper dès à présent à la pression de son entourage ! Voilà comment nous commençâmes à rêver au sujet du Sultan, bien avant qu'il ne se mette à rêver à notre sujet. Le Maître s'était remis à travailler à son horloge. Il réfléchissait également au projet de l'arme, me semblait-il. En tout cas, il l'avait affirmé au Pacha quand celui-ci le fit appeler à nouveau, mais je devinais qu'il avait déçu tous les espoirs que le Maître avait placés en lui. « Il est devenu comme les autres, me dit le Maître. Il ne veut même plus apprendre ce qu'il ne sait pas ! » Une semaine plus tard, il fut à nouveau invité à se rendre au Sérail.

Le Sultan l'avait accueilli avec joie. « Mon lion est guéri ! lui avait-il aussitôt annoncé. Ta prédiction s'est réalisée ! » Puis ils étaient sortis dans les jardins, suivis de la foule des courtisans. L'enfant lui avait montré les poissons du bassin, en lui demandant ce qu'il en pensait. « C'étaient des poissons rouges, me dit le Maître ; et je ne trouvais rien à dire. » Mais au même instant, il avait remarqué un certain ordre dans les mouvements des poissons ; ils semblaient s'être mis d'accord, après en avoir discuté, pour perfectionner cet ordre. Il avait alors déclaré qu'il les trouvait « intelligents ». À côté de l'un des nombreux eunuques qui rappelaient sans cesse au Sultan les recommandations de la Sultane sa mère, un nain s'était esclaffé à cette réponse ; le Sultan l'avait grondé. Et quand toute la compagnie avait repris place dans les voitures, il n'avait pas permis à ce nain aux cheveux roux de monter dans la voiture impériale. Ils s'étaient ensuite tous rendus à l'Hippodrome, à la Maison aux Lions. Les lions, les léopards, les tigres, que le Sultan désignait l'un après l'autre au Maître, étaient enchaînés aux colonnes d'une ancienne église. Ils s'étaient arrêtés devant le lion dont le Maître avait prévu la guérison. L'enfant avait adressé la parole au fauve et l'avait présenté au Maître. Puis ils s'étaient approchés d'une autre bête, couchée sur le flanc dans un coin. Il s'agissait d'une lionne, qui ne puait pas autant que les autres et qui était pleine. Les yeux brillants, le Sultan avait posé la question : « Combien de petits va-t-elle mettre bas ? Combien de mâles et combien de femelles ? »

À bout de nerfs, le Maître avait alors commis « une erreur », comme il me l'expliqua par la suite. Il avait déclaré qu'il avait des connaissances en astronomie, mais qu'il n'était pas astrologue. « Mais tu en sais bien plus que Husséyine Éfendi, mon Premier Astrologue ! » avait protesté l'enfant. Le Maître avait gardé le silence, dans la crainte que quelqu'un de la suite puisse entendre sa réponse et la rapporter à Husséyine Éfendi. Vexé, le Sultan avait insisté. Le Maître n'était-il donc qu'un ignorant et observait-il les étoiles pour rien ?

Sur quoi, le Maître s'était retrouvé dans l'obligation de parler à l'enfant des projets qu'il comptait lui présenter bien plus tard. Il lui avait expliqué que les étoiles lui avaient révélé beaucoup de choses et qu'il avait retiré de ses observations des conclusions d'une grande utilité. Encouragé par le silence du Sultan qui l'écoutait en ouvrant très grands les yeux, il lui avait parlé de la nécessité de construire un bâtiment d'où l'on pourrait observer les astres : un observatoire comme celui que Mourat III, grand-père de feu Ahmet Ier, grand-père lui-même de l'enfant, avait fait construire par Takiyuddine Éfendi, quatre-vingt-dix ans plus tôt, mais qui, d'incurie, était tombé en ruine par la suite. Mieux encore, une Maison des Sciences où les savants pourraient se rassembler, non seulement ceux qui observaient les étoiles, mais aussi ceux qui étudiaient l'univers tout entier, les fleuves et les mers, les nuages et les montagnes, les arbres et les fleurs ; les animaux aussi bien sûr. À force de comparer leurs observations, ils pourraient accroître leur savoir et ainsi développer notre intelligence à tous...

Ce projet, dont le Maître ne m'avait jamais parlé jusque-là, le Sultan n'y avait prêté qu'une oreille distraite, comme s'il s'agissait d'un conte agréable. Et il lui avait reposé la question : « À ton avis, comment seront les petits de la lionne ? — Il y aura autant de mâles que de femelles », lui avait répondu le Maître, qui avait eu le temps de réfléchir sur la question. Et il m'expliqua que cette réponse ne présentait aucun danger. « Je saurai prendre en main ce petit idiot ! Je suis tout de même plus adroit que Husséyine Éfendi ! » ajoutait-il. J'avais été surpris de l'épithète qu'il avait utilisée en parlant du souverain. J'en avais même été blessé, je ne sais pourquoi. À cette époque-là, je vaquais aux travaux domestiques, tant je m'ennuyais.

Par la suite, le Maître prit l'habitude d'utiliser le même qualificatif, comme s'il s'agissait d'une clé magique pouvant ouvrir toutes les portes : parce qu'ils étaient « idiots », ils ne regardaient pas les astres qui se mouvaient au-dessus de leurs têtes et ne réfléchissaient pas sur ces mouvements ; parce qu'ils étaient idiots, ils demandaient tout d'abord à quoi pouvait servir ce qu'ils allaient apprendre ; parce qu'ils étaient idiots, ils ne se préoccupaient pas des détails mais se contentaient de résumés ; parce qu'ils étaient idiots, ils se ressemblaient tous, et ainsi de suite. Autrefois, alors que je me trouvais encore dans mon pays, je me plaisais fort à des affirmations aussi péremptoires, mais je n'en disais rien au Maître. De toute façon, à cette époque, il ne s'intéressait qu'à « ces idiots » et se préoccupait fort peu de moi. Mon idiotie à moi était différente à ses yeux : incapable comme je l'étais alors de tenir ma langue, je lui avais parlé d'un rêve que j'avais eu : il se rendait à mon pays en se faisant passer pour moi, il épousait ma fiancée ; le jour des noces, personne ne remarquait que « lui » n'était pas moi. Au beau milieu des réjouissances que je contemplais de mon coin, vêtu comme un Turc, je me retrouvais en face de ma mère et de ma fiancée nageant toutes deux dans le bonheur ; en dépit de mes larmes qui finirent par me réveiller, elles ne me reconnaissaient pas, me tournaient le dos et s'éloignaient.

À la même époque, il se rendit deux fois chez le Pacha. Peu satisfait, me sembla-t-il, de voir le Maître échapper à son contrôle et se rapprocher du souverain, il l'avait soumis à un long interrogatoire. Il lui avait posé des questions sur moi, il avait même fait mener une enquête à mon sujet ; le Maître ne m'en parla heureusement que bien plus tard, après le départ en exil du Pacha, car j'aurais passé mes jours dans la peur d'être supprimé par le poison. Et pourtant, je devinais que le Pacha s'intéressait davantage à moi qu'au Maître lui-même, je sentais que notre ressemblance surprenante le troublait plus encore que moi, et ce trouble flattait ma vanité. En ce temps-là, j'avais l'impression que cette ressemblance était un mystère que le Maître ne chercherait jamais à percer et qui me remplissait d'un étrange courage : il m'arrivait de penser que cette seule ressemblance me protégerait de tous les périls aussi longtemps que vivrait le Maître... C'était peut-être pour ces raisons que je protestais quand le Maître affirmait que le Pacha était l'un de « ces idiots » qui l'agaçaient fort. Je sentais qu'il ne pouvait plus se passer de moi, mais aussi qu'il avait honte de moi, ce qui me poussait à une impudence qui ne m'était pas naturelle. Ainsi, je lui parlais du Pacha sans motif aucun ; je lui demandais ce qu'il lui avait dit à notre sujet, provoquant chez lui une rage dont, je crois bien, il ne s'expliquait pas clairement la raison. Dans ces occasions-là, il me répondait en insistant avec obstination : le Pacha allait bientôt tomber en disgrâce ; les Janissaires fomentaient un soulèvement ; le Maître devinait qu'une conspiration s'ourdissait au Palais. Dans ces conditions, le Maître devait travailler sur l'arme dont lui avait parlé le Pacha ; il lui fallait créer cette arme terrifiante pour le Sultan lui-même, et non pour un courtisan au pouvoir éphémère !

Il m'est arrivé à un moment de penser qu'il était entièrement absorbé par ce vague projet d'arme. Il y travaille, mais il ne fait aucun progrès, me disais-je ; sinon, il m'en aurait parlé, même en s'efforçant de m'humilier ; au besoin, il m'aurait demandé ce que j'en pensais. Un soir, alors que nous rentrions du bordel d'Aksaray où nous nous rendions tous les quinze ou vingt jours, après avoir écouté de la musique et couché avec les prostituées, le Maître m'annonça qu'il nous fallait passer le reste de la nuit à travailler, puis il m'interrogea sur les femmes. C'était là un sujet que nous n'abordions jamais. « Je vais réfléchir », déclara-t-il brusquement, sans me dire sur quoi il voulait réfléchir, et sitôt arrivés à la maison, il s'enferma dans sa chambre. Je me retrouvai seul, au milieu de ces livres dont je n'avais même plus le courage de tourner les pages, et je pensai au Maître ; je l'imaginais enfermé dans sa chambre, seul avec ses idées qu'il n'arrivait pas à développer, j'en étais certain, assis devant cette table à laquelle il ne s'était toujours pas entièrement accoutumé ; durant des heures, sans rien faire, les yeux fixés sur les pages blanches devant lui, plongé dans la honte et la rage.

Il ressortit de la pièce bien après minuit, et me pria de l'y rejoindre, avec la confusion et la timidité de l'élève qui, incapable de résoudre un problème très simple, demande de l'aide. Il me mena à la table. « Aide-moi, me dit-il. Parlons-en un peu, veux-tu, je n'y arriverai pas tout seul. » Je crus un instant qu'il faisait allusion aux prostituées, et je ne lui répondis pas aussitôt. Il remarqua mon regard dénué d'expression : « Je pense à ces imbéciles. Pourquoi sont-ils idiots à ce point ? » me dit-il avec gravité. Et il ajouta aussitôt, comme s'il connaissait déjà ma réponse : « Bon, admettons qu'ils ne soient pas idiots mais qu'il leur manque une case dans le cerveau. » Je ne lui demandai pas à qui il faisait allusion. « N'y a-t-il pas dans leur cerveau une région où ils puissent retenir le savoir ? » dit-il en regardant autour de lui, comme s'il était à la recherche d'un mot. « Un compartiment, une case pareille aux tiroirs de cette armoire ; il y a nécessairement un coin dans leur cerveau, un endroit où ils pourraient disposer en bon ordre les idées les plus variées, les plus complexes. Mais c'est à croire qu'ils n'en ont pas ! Comprends-tu ce que je veux dire ? » Je voulais croire que je comprenais quelque chose à ses paroles, sans y parvenir, et un long moment, nous gardâmes le silence tous les deux. « D'ailleurs, qui peut savoir pourquoi un homme est ce qu'il est ? » dit-il enfin. Il ajouta : « Ah ! si tu avais été un vrai médecin, tu m'aurais enseigné notre corps et ce qu'il y a dans nos corps et dans nos têtes ! » Il avait l'air un peu embarrassé. Puis il s'expliqua avec bonne humeur — une bonne humeur feinte, me semblait-il, pour ne pas m'effrayer : non, il ne renoncerait jamais, il irait jusqu'au bout ! D'une part, il était curieux de connaître comment tout cela finirait, et par ailleurs il n'y avait pas d'autre solution. Je ne comprenais pas ce qu'il entendait par là, mais j'avais plaisir à me dire qu'il avait appris tout cela grâce à moi.

Par la suite, il répéta souvent ces paroles, comme si nous savions tous deux ce qu'elles signifiaient. Mais en dépit de la conviction qu'il affichait, il faisait penser à un élève sensible et rêveur qui pose sans cesse des questions. Chaque fois qu'il répétait qu'il « irait jusqu'au bout », j'avais l'impression d'entendre les gémissements mélancoliques ou furieux de l'amant désespéré qui s'interroge sur ses malheurs. Aller jusqu'au bout... Ces mots, il les répétait souvent : le jour où, par exemple, il apprit que les Janissaires préparaient un soulèvement ; ou encore après m'avoir raconté que ses élèves à l'École des Jeunes ressentaient plus de curiosité pour les anges que pour les étoiles. Au moment aussi où il rejeta avec rage et sans même le lire jusqu'au bout un manuscrit qu'il avait payé très cher. Quand il rentrait de la Chambre des Horaires, où il continuait, mais par simple routine, à retrouver ses amis. Quand il avait pris froid dans un hammam insuffisamment chauffé et qu'il se retrouvait dans son lit, entouré de ses livres chéris, éparpillés tout autour de lui, sur la couette fleurie. Ou encore après avoir écouté les conversations stupides des fidèles faisant leurs ablutions dans la cour de la mosquée. Et le jour où il apprit la défaite que les Vénitiens avaient infligée à la flotte. Il les répétait après avoir patiemment supporté les gens du voisinage, venus lui rappeler qu'il n'était plus très jeune et le persuader de se marier. Oui, il irait jusqu'au bout !

J'y pense soudain : qui donc, après avoir lu jusqu'au bout ce que j'écris là, quel lecteur, suivant patiemment le récit que je fais de ce qui s'est passé — ou de ce que j'ai peut-être imaginé — pourra dire que le Maître n'a pas tenu parole ?

IV

Un jour, vers la fin de l'été, nous apprîmes que le cadavre du Premier Astrologue, Husséyine Éfendi, avait été retrouvé sur un radeau, à Istinyé, sur la rive du Bosphore. Le Pacha avait fini par obtenir un *fatva* le condamnant à mort. L'astrologue, incapable de se tenir tranquille dans un lieu discret, avait envoyé à droite et à gauche des missives où il était question de la mort prochaine de Sadik Pacha, mort annoncée, y disait-il, par des signes dans le ciel. Ce qui avait permis de retrouver sa cachette; il avait été surpris dans une barque, alors qu'il cherchait à passer en Anatolie, et jeté à l'eau par les bourreaux. Dès qu'il apprit la confiscation de tous les biens du Premier Astrologue, le Maître passa à l'action, il dépensa toutes ses économies pour récupérer tous les papiers du défunt, ses livres, ses cahiers. Après avoir en une semaine dévoré le contenu des milliers de pages qu'il avait rapportées, un soir, dans un énorme coffre, il déclara avec colère qu'il était lui-même capable de faire bien mieux.

Et je l'y aidai : alors qu'il rédigeait deux traités, intitulés *La vie des bêtes* et *Les créatures étranges*, qu'il avait décidé de présenter au Sultan, je dessinais les superbes chevaux, les ânes, les lapins, les lézards que j'avais connus dans les grands jardins et les prés de notre domaine à Empoli. Le Maître m'ayant déclaré que mon imagination était fort bornée, je lui parlai, en me fiant à ma mémoire, des grenouilles françaises aux longues moustaches, de notre bassin fleuri de nénuphars, des perroquets bleus qui jacassaient avec l'accent sicilien et des écureuils qui, avant de s'accoupler, s'installent face à face pour se lisser mutuellement le poil. La vie des fourmis, sujet auquel le Sultan s'intéressait beaucoup, mais qu'il ne pouvait connaître suffisamment étant donné la propreté extrême qui régnait dans les cours et les jardins, constitua le sujet d'un chapitre auquel nous consacrâmes beaucoup de temps et une grande attention.

Tout en entreprenant le récit de la vie soumise à l'ordre et à la logique des fourmis, le Maître se préoccupait également de l'éducation que nous devions assurer au souverain. Ainsi, estimant insuffisant de traiter des fourmis noires qui nous étaient familières, il parla aussi du comportement des fourmis rouges des Amériques. Ce qui lui donna l'idée d'écrire un livre, aussi triste que didactique, traitant des malheurs qui accablent les autochtones dénués d'intelligence, incapables de changer leur mode de vie, qui habitent les contrées où grouillent les serpents et que l'on nomme les Amériques. Ce livre dans lequel, d'après les détails qu'il me fournit, il comptait relater l'histoire d'un enfant-roi qui périt, empalé par les infidèles espagnols, parce qu'il n'avait eu en tête que les bêtes et la chasse et ne se souciait pas de la Science. Je crois bien qu'il ne parvint jamais à le terminer. Les illustrations, exécutées par un peintre miniaturiste que nous engageâmes pour rendre le texte plus intelligible, et qui représentaient des buffles ailés, des bœufs à six pattes, des serpents à deux têtes, ne nous satisfirent ni l'un ni l'autre. « La réalité était autrefois à deux dimensions, déclara le Maître. Mais de nos jours, tout a trois dimensions, toute réalité a une ombre, vois donc, même la plus vulgaire des fourmis traîne partout son ombre derrière elle ; avec patience, comme s'il s'agissait de sa jumelle... »

Comme le Sultan ne faisait plus demander de nos nouvelles, le Maître avait décidé de lui présenter ses traités par l'intermédiaire du Pacha ; ce qu'il regretta amèrement par la suite. Le Pacha l'avait sévèrement réprimandé, la science des étoiles n'était que fatras, le Premier Astrologue Husséyine Éfendi s'était mêlé d'affaires qui le dépassaient, il s'était lancé dans des intrigues politiques. Le Pacha soupçonnait le Maître d'avoir des vues sur la charge laissée libre. Le Pacha, lui, croyait à ce que l'on nomme la Science ; à son avis, la Science n'avait rien à voir avec les étoiles, mais avec les armes ! On voyait bien, d'ailleurs, que la charge de Premier Astrologue portait malheur, puisque tous ceux à qui elle était attribuée finissaient par périr de mort violente ; pis encore, il leur arrivait de disparaître sans laisser de traces. Voilà pourquoi, disait-il, il ne voulait pas voir le Maître, qu'il aimait fort, au savoir duquel il se fiait, accéder à ce poste. D'ailleurs, le prochain Premier Astrologue serait Sitki Éfendi ; sa sottise et sa simplicité d'esprit lui permettraient d'exercer convenablement ces fonctions. Le Pacha avait appris que le Maître s'était procuré toute la bibliothèque du défunt Premier Astrologue ; il ne voulait absolument pas le voir s'intéresser à ces choses-là. Le Maître lui avait affirmé qu'il ne portait intérêt qu'à la Science, et il lui avait confié les traités en le priant de les remettre au Sultan. Rentré à la maison le soir, il déclara qu'il ne s'intéresserait jamais à autre chose que la Science, et qu'il ferait tout, au besoin, pour s'y consacrer. Et surtout, il fit pleuvoir les malédictions sur le Pacha...

Le mois suivant, tout en réfléchissant à l'éventuel intérêt que porterait le jeune souverain à la description des animaux fabuleux issus de l'imagination humaine, le Maître se demandait pourquoi il n'avait toujours pas reçu d'invitation du Sérail. Finalement, il fut invité à suivre une chasse impériale. Nous nous rendîmes au pavillon de Mirahor, au bord de la rivière de Kagithané, pour observer le spectacle, moi de loin, le Maître aux côtés du Sultan. Il y avait foule. L'Intendant des Jardins avait tout préparé : on lâcha les lièvres et les renards, puis les lévriers. Nous observions la chasse quand l'un des lièvres s'écarta des autres et se jeta dans la rivière, attirant sur lui l'attention générale. Quand il atteignit l'autre rive, les gardes se préparèrent à y lancer des lévriers, mais comme nous l'entendîmes de nos oreilles, le Sultan le leur interdit : la vie sauve pour le lièvre, déclara-t-il. Toutefois, un chien qui n'appartenait pas à la meute surgit sur l'autre rive; le lièvre tenta de lui échapper en se jetant à nouveau à l'eau; le chien réussit à le rattraper, les gardes se précipitèrent pour le lui arracher et le présenter au Sultan. L'enfant fit examiner l'animal et se réjouit d'apprendre qu'il ne souffrait d'aucune blessure sérieuse. Il ordonna de ramener le lièvre dans les collines et de l'y lâcher. Tous les participants — parmi lesquels je pouvais distinguer le Maître et le nain aux cheveux roux — s'étaient rassemblés autour du souverain.

Le soir, le Maître me fournit des détails : le Sultan avait demandé à son entourage le sens qu'il fallait attribuer à cet incident. Quand était venu le tour du Maître de répondre à la question, il avait fait le commentaire suivant : des ennemis inattendus allaient surgir, mais le Sultan réussirait à surmonter aisément ce danger. Bien que les courtisans, qui ne portaient pas le Maître dans leurs cœurs, aient protesté contre ce commentaire qui parlait de danger de mort et d'ennemis et allait jusqu'à mettre sur le même plan le Sultan et un lièvre, le jeune souverain avait fait taire les critiques — parmi lesquels se trouvait Sitki Éfendi, le nouveau Premier Astrologue — et il avait déclaré qu'il n'oublierait pas cette mise en garde. Plus tard, alors qu'ils suivaient le combat mené avec l'énergie du désespoir par un aigle noir attaqué par un vol de faucons, et la triste fin d'un renard déchiqueté par les lévriers effrontés, le Sultan avait annoncé que la lionne avait eu deux petits : un mâle et une femelle, et il avait affirmé son goût pour les livres traitant des animaux; il avait posé des questions sur les taureaux aux ailes bleues et les chats roses qu'on rencontrait sur les rives du Nil. Ces propos avaient suscité chez le Maître un sentiment de victoire, mais aussi une crainte étrange.

Ce fut bien plus tard que nous eûmes vent des événements qui s'étaient déroulés au Sérail : la Sultane Keussème et les Aghas des Janissaires avaient fomenté une conspiration dans le dessein d'assassiner le jeune souverain et la Sultane sa mère et de faire monter sur le trône le prince héritier Suleyman. Mais le complot avait échoué. La Sultane Keussème avait été battue jusqu'à ce que le sang lui jaillisse du nez et des oreilles, puis étranglée. Le Maître ne sortait plus que pour se rendre à l'École des Jeunes et à la Chambre des Horaires; il y apprenait tout ce qui se passait au Sérail par les racontars de ses « imbéciles » de collègues.

À l'automne, il songea à reprendre sa théorie sur la cosmographie, mais très vite, il perdit tout espoir : il avait besoin d'un observatoire. D'autre part, de même que « ces idiots » n'attachaient pas d'importance à la science des étoiles, les étoiles, elles, ne leur manifestaient aucun intérêt. L'hiver arriva, le ciel se couvrit de nuages sombres : nous apprîmes un jour que le Pacha avait été démis de ses fonctions. Il avait failli périr étranglé, lui aussi, mais la Sultane douairière s'y était opposée, il avait été banni à Erzurum et tous ses biens confisqués. Nous n'entendîmes plus parler de lui jusqu'à sa mort. Et le Maître déclara qu'il ne craignait plus personne désormais et qu'il n'avait plus aucune obligation envers qui que ce fût. Quand il affirma qu'il ne devait rien à personne, je ne sais pas dans quelle mesure il estimait que je lui avais appris quelque chose. Il n'avait rien à craindre de l'enfant-roi ou de sa mère, disait-il. Toutes ses paroles illustraient l'adage : « Être le premier dans l'État ou être jeté aux corbeaux comme une charogne! » Nous passions notre temps à la maison, sages comme des images, nous discutions des fourmis rouges des Amériques, en rêvant d'écrire un nouveau « Livre des fourmis ».

Nous traversâmes l'hiver — tout comme les précédents et ceux qui suivirent — enfermés chez nous; et rien ne se passait. Durant les longues nuits glaciales, nous discutions jusqu'au matin, au rez-de-chaussée de la maison, où le borée soufflait par les portes et la cheminée. Le Maître ne me traitait plus avec mépris ; ou alors, il ne se donnait plus la peine de simuler le dédain à mon égard. J'attribuais ce rapprochement entre nous au fait que personne — que ce soit au Sérail ou dans les milieux proches du Palais — ne lui manifestait plus le moindre intérêt. Je me demandais parfois avec curiosité s'il remarquait autant que moi notre ressemblance ; s'il se voyait lui-même quand il me regardait : à quoi donc pensait-il alors ? Nous venions de terminer notre deuxième traité sur les bêtes, mais nous l'avions abandonné sur la table de travail. Le Pacha était parti en exil et le Maître répétait qu'il se refusait à supporter les humeurs de qui que ce soit, et surtout des gens qui avaient leurs entrées au Sérail. De temps en temps, poussé par l'ennui des journées que je passais dans l'oisiveté, je feuilletais le traité ; je contemplais les sauterelles violettes ou les poissons volants que j'y avais dessinés en me demandant ce que le Sultan en penserait quand il le lirait.

Le Maître ne fut appelé au Sérail qu'au début du printemps. À l'en croire, le jeune souverain avait été ravi de le revoir ; il ressortait de chacun de ses gestes, de chacune de ses paroles qu'il n'avait cessé de penser au Maître, mais que les pressions qu'exerçaient sur lui « les idiots » de son entourage l'avaient empêché de s'enquérir de lui ! Il avait aussitôt fait allusion au complot fomenté par sa grand-mère et rappelé que le Maître avait prévu ce danger, en lui prédisant qu'il s'en sortirait sain et sauf. Cette nuit-là, au Palais, quand il avait entendu les hurlements des traîtres qui en voulaient à sa vie, l'enfant n'avait éprouvé aucune peur, car il s'était souvenu du chien cruel qui n'avait pu enfoncer ses crocs dans la chair du pauvre lièvre. Après ces paroles élogieuses, le Sultan avait ordonné l'attribution d'un bénéfice au Maître : les revenus d'une terre bien située. Le Maître dut quitter le Palais sans avoir eu l'occasion de faire de nouvelles prédictions. On lui avait dit qu'il devrait attendre la fin de l'été pour recevoir son bénéfice.

Dans cette attente, et se fiant au bénéfice à venir, le Maître projeta d'installer dans le jardin un observatoire de petite taille; il calcula les dimensions du puits à creuser, le prix des instruments qu'il installerait dans l'observatoire, mais il se lassa bien vite de ce projet : il venait de découvrir une copie, grossièrement calligraphiée, d'un livre où avaient été rassemblés les résultats des observations effectuées par Takiyuddinne. Il passa deux mois à contrôler l'exactitude de ces observations, mais comme il ne parvenait pas à calculer les erreurs dues à ses propres instruments de piètre qualité, celles éventuellement commises par Takiyuddinne ou encore celles qui provenaient de l'inattention du copiste, il se fâcha et abandonna son projet. Ce qui l'avait particulièrement irrité, c'étaient les vers rimés que l'un des précédents propriétaires du manuscrit avait introduits entre les lignes trigonométriques calculées en soixante degrés. Se basant sur la valeur numérique des lettres, ou quelque autre méthode du même acabit, l'homme avait ajouté de sa main de modestes prédictions sur l'avenir : après avoir eu quatre filles, il finirait par avoir un fils; une épidémie de peste allait éclater, qui ferait un tri entre les justes et les pécheurs; son voisin, du nom de Bahattine Éfendi, périrait de la peste. Amusé au début par ces vaticinations, le Maître fut très vite saisi par le désespoir. Il avait pris l'habitude de discourir sur le « contenu » de nos cerveaux avec une certitude étrange et effrayante. Il le faisait comme s'il s'agissait d'un coffre dont nous pourrions soulever le couvercle pour en examiner le contenu, ou des armoires qui se trouvaient dans la pièce.

Le bénéfice que lui avait promis le Sultan ne lui fut attribué ni à la fin de l'été ni au début de l'hiver. Au printemps suivant, on annonça au Maître que l'on procédait à un nouvel enregistrement; il lui fallait patienter. Entre-temps, il fut — bien que rarement — invité au Sérail; il y répondait aux questions qui lui étaient posées : comment fallait-il interpréter le bris d'un miroir ? Ou la foudre de couleur verte qui était tombée au large de l'île Plate ? Ou encore ce carafon de jus de griottes rouge comme le sang, qui avait brusquement explosé en mille morceaux sans raison aucune ? Le Maître répondait aussi aux questions que le jeune souverain lui posait sur les animaux dont il était question dans notre traité. À son retour à la maison, le Maître m'expliquait que l'enfant atteignait l'âge de la puberté, c'est-à-dire la période de la vie où l'homme est le plus influençable ; et le Maître réussirait à le tenir en main !

C'est dans ce but qu'il entreprit d'écrire un nouveau livre, entièrement différent. Il avait appris de ma bouche la chute des Aztèques et les Mémoires de Cortés, et il avait toujours eu en tête l'histoire d'un enfant-roi infortuné qui avait fini sur un pal parce qu'il n'avait pas accordé assez d'importance à la Science. À cette époque, le Maître parlait sans cesse des braves gens plongés dans une douce indolence et des méchants qui parvenaient aisément à les vaincre avec leurs canons et leurs machines et leurs armes et leurs contes à dormir debout et les soumettaient ainsi à leur loi. Mais il me cacha un bon moment ce qu'il écrivait, enfermé dans sa chambre. Ce qu'il voulait, je le sentais bien, c'était que je prenne l'initiative de manifester de l'intérêt pour son travail, mais à cette époque, la nostalgie de mon pays m'avait brusquement plongé dans un désespoir extrême ; ce qui ne faisait qu'accroître la rancune que j'éprouvais pour le Maître. Je sus donc réprimer ma curiosité et réussis à paraître indifférent aux conclusions que son intelligence créatrice savait tirer de mes propres récits ou des mauvais livres à la reliure déchirée qu'il achetait parce qu'ils ne coûtaient pas cher. Ainsi, je pus observer, avec bonne humeur, jour après jour, comment il perdait peu à peu confiance en ses propres facultés, puis dans le sujet qu'il s'efforçait de traiter.

Il montait à l'étage, dans la petite pièce dont il avait fait son cabinet, s'installait devant la table que j'avais commandée au menuisier ; il réussissait sans doute à réfléchir, mais il était incapable, je le devinais, d'écrire. J'en étais même certain. Je savais qu'il ne pouvait rien rédiger. Je savais qu'il n'avait pas assez de courage pour consigner ses réflexions avant d'avoir appris ce que j'en pensais. Ce qui l'empêchait d'avoir confiance en lui-même, ce n'était pas le besoin de connaître mon humble opinion, qu'il semblait d'ailleurs dédaigner. Au fond, ce qu'il voulait, c'était apprendre les idées des « autres », des gens comme moi, de tous ceux qui avaient disposé dans ma tête ces boîtes, ces tiroirs à savoir ! Qu'auraient-ils pensé, « les autres », à sa place ? Voilà ce qu'il mourait d'envie de me demander, et qu'il n'osait pas exprimer ! Combien de temps ai-je attendu que, foulant aux pieds son orgueil, il me pose courageusement cette question ! Mais il ne l'a pas posée. Abandonnant au bout d'un certain temps ce livre — dont je n'ai jamais pu savoir s'il l'avait mené à bout —, il reprit sa rengaine sur « les imbéciles ». Pour accéder au savoir, il fallait tout d'abord comprendre pourquoi ils étaient « idiots » à ce point, savoir pourquoi le contenu de leurs cerveaux était ce qu'il était, et en tirer les conclusions ! Je me disais que c'était le désespoir que le poussait à ressasser sans arrêt les mêmes idées ; tout simplement parce que les faveurs qu'il attendait du Sérail ne se manifestaient toujours pas. Le temps s'écoulait en vain. La puberté chez le Sultan ne servait pas à grand-chose...

Mais le Maître reçut son bénéfice à la fin de l'été qui précéda la nomination de Köprülü Mehmet Pacha au poste de Grand Vizir. Il s'agissait des revenus de deux moulins situés de plus à un endroit de son choix, aux environs de Guebzé, joints à ceux de deux villages à une heure de route de la bourgade. Nous nous rendîmes à Guebzé à l'époque de la moisson. Le hasard nous permit d'y louer la maison où nous avions logé dans le passé. Mais le Maître semblait avoir oublié les mois que nous y avions passés, du temps où il regardait avec dégoût la table que j'avais ramenée de l'atelier du menuisier. À croire que, comme la maison, ses souvenirs avaient vieilli et enlaidi. D'ailleurs, tout en lui manifestait une impatience qui l'empêchait de s'intéresser à ce qui faisait partie du passé. À plusieurs reprises, il se rendit dans ses villages pour les contrôler ; il se renseignait sur les revenus des années précédentes. Et il affirmait qu'il avait inventé, pour calculer les revenus des bénéfices, un système de tenue des livres beaucoup plus clair et simple, inspiré de la méthode de Tarhoundjou Ahmet Pacha, dont il avait entendu parler par ses amis de la Chambre des Horaires.

Mais il ne se contenta pas de cette invention, dont l'originalité et l'efficacité n'étaient guère évidentes, même à ses yeux. Les nuits qu'il passait dans le jardin, derrière la maison, à contempler les étoiles avaient rallumé en lui sa passion pour l'astronomie. À un certain moment, croyant qu'il pourrait avancer, ne fût-ce que d'un pas, dans ses théories, je m'efforçai à l'y encourager ; mais son intention n'était ni l'observation ni la réflexion. Il convia à la maison les jeunes gens et les enfants les plus doués qu'il rencontra à la bourgade et dans les villages, en annonçant qu'il allait leur enseigner la plus haute des sciences, et il installa pour eux dans le jardin la machine qu'il m'envoya chercher à Istanbul ; il en répara et huila les sonneries, et un soir, animé par une énergie et un espoir qu'il tirait je ne sais d'où, il leur présenta avec enthousiasme, et sans le simplifier aucunement, le système céleste qu'il avait exposé, des années plutôt, au Pacha tout d'abord, et plus tard au Sultan. Mais il suffit de découvrir le lendemain matin, sur le seuil de notre porte, un maléfice, un cœur de mouton encore tiède et sanguinolent, pour que le Maître perde les derniers espoirs qu'il avait placés dans l'étude de l'astronomie et dans tous ces jeunes gens, qui étaient rentrés chez eux à minuit sans lui avoir posé une seule question.

Il n'accorda toutefois pas une importance exagérée à cette défaite. De toute évidence, ce n'étaient pas ces gens-là qui pourraient comprendre les mouvements de la Terre et des astres ; et pour le moment, il n'était même pas nécessaire qu'ils les comprennent ! Et chez celui qui devait les comprendre, la période de la puberté touchait à sa fin ; il s'était peut-être inquiété de nous en notre absence ; nous laissions échapper des occasions dans ces lieux reculés, pour les quelques sous qui nous reviendraient après la moisson... Après avoir organisé nos affaires et choisi pour intendant celui qui semblait le plus éveillé parmi ces jeunes gens si intelligents, nous rentrâmes à Istanbul.

Les trois années qui suivirent furent les pires. Chaque jour, chaque mois, chaque saison n'était que la répétition lassante, exaspérante d'une journée, d'un mois, d'une saison déjà vécus. À croire que nous voyions avec tristesse et désespoir se répéter les mêmes choses, dans l'attente d'un malheur auquel nous étions incapables d'attribuer un nom. Comme autrefois, le Maître était de temps en temps convoqué au Sérail, où l'on attendait de lui des commentaires insipides et inoffensifs ; comme autrefois, il se rendait chaque jeudi après-midi à la Chambre des Horaires pour y converser avec ses savants collègues ; comme autrefois, il retrouvait le matin ses élèves et les bastonnait — quoique moins régulièrement qu'autrefois. Comme autrefois, il tenait tête — avec moins de conviction cependant — aux voisins venus lui parler de mariage ; comme autrefois, pour coucher avec des prostituées, il se résignait à écouter une musique qu'il déclarait ne plus apprécier ; comme autrefois, il manquait s'étrangler de la haine qu'il éprouvait pour « les imbéciles », et comme toujours, il s'enfermait dans sa chambre, étendu sur son lit, et, après avoir feuilleté avec rage les manuscrits et les livres qui l'entouraient, il attendait, des heures durant, les yeux fixés sur le plafond.

Ce qui augmentait encore son accablement, c'étaient les victoires remportées par Köprülü Mehmet Pacha, dont il apprenait les détails par ses amis de la Chambre des Horaires. Quand il me rapportait la victoire de la flotte sur les Vénitiens, la reconquête de Bozdja-Ada et de Limni, l'écrasement de la rébellion de Hassan Pacha l'Abaza, il ajoutait toujours qu'il ne s'agissait que d'ultimes succès, sans lendemain, et les comparait aux derniers soubresauts d'un infirme, qui disparaîtrait bientôt englouti dans les marécages de la sottise et de l'incompétence ; il semblait guetter l'approche d'un désastre qui pourrait transformer nos journées de plus en plus épuisantes, parce que identiques. En outre, il était devenu incapable de chasser ces sombres idées, parce qu'il n'avait plus la patience et l'espoir indispensables pour réfléchir sérieusement sur ce qu'il s'obstinait à nommer les sciences : incapable de s'enthousiasmer plus d'une semaine pour une idée nouvelle ; très vite, il se souvenait des « idiots » et en oubliait tout le reste. Toutes les réflexions qu'il avait faites jusque-là sur le savoir n'étaient-elles pas amplement suffisantes pour ces gens-là ? Valaient-ils la peine de se fatiguer à ce point les méninges ? De se mettre si fort en colère ? Peut-être parce qu'il apprenait à peine à l'époque à se distinguer des autres, il ne trouvait plus en lui ni la force ni la volonté de se plonger dans les détails de cette science. Et pourtant, il avait bien commencé à croire qu'il était différent des autres.

Le premier émoi qui lui fit voir clair en lui-même naquit tout simplement de l'ennui. Comme il était devenu incapable de se concentrer sur un sujet quelconque, il passait toutes ses journées, en ce temps-là, à aller d'une pièce à l'autre, d'un étage à l'autre, ou à fixer d'un regard vide, par la fenêtre, la rue ou le jardin, tels ces enfants stupides et égoïstes incapables de se distraire tout seuls. Quand il venait me retrouver entre ces allées et venues continuelles et agaçantes, qui faisaient craquer les planchers de la vieille maison de bois, je devinais qu'il attendait de moi quelque réflexion ou quelque sujet de distraction, ou encore un mot d'espoir. Mais comme je n'avais rien perdu, en dépit du sentiment de défaite dans lequel je vivais, de la rage et de la haine qu'il m'inspirait, je ne prononçais pas les paroles qu'il espérait. Je ne lui disais pas les mots qu'il désirait entendre, même quand, ravalant son orgueil, il s'adressait à moi avec quelque déférence; je ne lui disais pas ce qu'il attendait de moi quand il me rapportait du Sérail des nouvelles qui semblaient être de bon augure; et quand il parlait d'une idée nouvelle susceptible de le conduire à des résultats concrets, s'il pouvait la mener jusqu'au bout, je faisais mine de ne pas l'avoir entendu, ou alors, j'insistais sur la banalité de ce qu'il me disait, et refroidissais ainsi son enthousiasme. Je prenais plaisir à le voir se débattre dans le vide et le désespoir.

Mais plus tard, ce fut dans ce vide même qu'il découvrit l'idée nouvelle qui pourrait l'occuper; peut-être parce qu'il avait appris la solitude; ou alors parce que son esprit, incapable de se pencher sur les détails d'un sujet, ne pouvait échapper à l'impatience. Ce fut alors seulement que je pus lui fournir une réponse; je voulais l'encourager; l'idée qui lui était venue m'intéressait, moi aussi; ou peut-être encore, me disais-je, réussirais-je ainsi à attirer sur moi son attention. Un soir, le bruit de ses pas, qui faisaient craquer les planchers, se rapprocha de ma chambre, et quand le Maître me dit, comme s'il s'agissait d'une question très banale : « Pourquoi suis-je moi ? », je voulus soudain l'encourager et je lui répondis.

Après lui avoir déclaré que je ne savais pas pourquoi il était lui, j'ajoutai que cette question était très souvent posée là-bas, chez « les autres », et de plus en plus chaque jour. Alors que je prononçais ces mots, je n'avais en tête aucun exemple, aucune théorie pour fonder ma réponse; rien du tout; j'avais voulu tout simplement fournir à sa question la réponse qu'il attendait, ou peut-être un instinct très simple me disait-il que ce jeu lui plairait. Il en fut stupéfait. Il me dévisageait avec curiosité, il voulait m'entendre poursuivre, et quand je me tus, il ne put se retenir, il me demanda de répéter ce que j'avais dit. « Eux » se posaient donc cette question? Quand il me vit sourire pour confirmer mes paroles, il se fâcha aussitôt : cette question, il ne la posait pas parce que « les autres » se la posaient. Il se l'était posée sans savoir qu'« eux » la posaient, et il se moquait bien de ce qu'ils faisaient, « eux ». « J'ai l'impression qu'une voix murmure sans cesse une chanson à mes oreilles », me dit-il ensuite d'un air étrange. Cette voix mystérieuse qui lui chantonnait la même rengaine à l'oreille lui avait rappelé son défunt père, me dit-il ; lui aussi avait entendu une voix, avant de mourir, mais elle lui chantait toutes sortes de chansons. « Mon chanteur reprend sans cesse la même ritournelle », me dit-il, puis l'air un peu confus, il ajouta : « Moi, c'est moi, je suis ce que je suis, ah ! »

Je faillis éclater de rire, mais me retins à temps. S'il s'était agi d'une innocente plaisanterie, il aurait dû en rire, lui aussi, mais il ne riait pas. Il sentait bien qu'il était sur le point de sombrer dans le ridicule. Il m'incombait de lui montrer que j'étais conscient de cette absurdité et que je comprenais le sens de cette ritournelle, mais à présent, je voulais qu'il continue à parler. Je lui dis qu'il fallait la prendre au sérieux ; évidemment, celui qui lui murmurait cette chanson à l'oreille n'était autre que lui-même. Il dut remarquer l'ironie de mes paroles, car il se mit en colère : il le savait très bien ; ce qui l'intriguait, c'était autre chose : pourquoi cette voix lui répétait-elle sans cesse les mêmes mots ?

C'était l'ennui. Je ne le lui dis pas, mais en vérité c'était là ce que je pensais. L'expérience, non seulement la mienne, mais celle de mes frères et de mes sœurs, m'avait appris que l'ennui, que l'on remarque surtout chez les égoïstes, pouvait avoir des conséquences très heureuses quand il ne menait pas à des sottises. Je lui expliquai qu'il devait se demander, non pas pourquoi il entendait cette ritournelle, mais ce qu'elle signifiait. C'est alors que je me dis qu'il pouvait perdre la raison, à force de vivre dans le vide ; et je pourrais ainsi, en l'observant, échapper au poids de mon propre désespoir et de ma veulerie ; j'arriverais même à ressentir une véritable admiration pour lui : s'il parvenait à trouver une réponse à sa question, quelque chose de réel pourrait survenir dans nos vies. « Que dois-je faire ? » dit-il enfin, l'air accablé. Je lui répliquai qu'il devait se demander pourquoi il était ce qu'il était. Mais je ne le lui dis pas comme si je lui donnais un conseil ; je ne pouvais lui être d'aucun secours en ce domaine, et il lui fallait se débrouiller tout seul.

« Que dois-je donc faire ? Me regarder dans un miroir ? » me dit-il d'une voix ironique. Pourtant, il n'avait pas l'air soulagé. Je gardai le silence, pour lui laisser le temps de réfléchir. « Faut-il que je me regarde dans un miroir ? » répéta-t-il. Je me mis brusquement en colère. Je me dis que le Maître ne parviendrait à rien par lui-même. Je voulais qu'il le comprenne, j'avais envie de lui crier à la face que, sans moi, il ne pourrait jamais réfléchir sur rien, mais je n'en eus pas le courage. Je lui conseillai, l'air indifférent, de se regarder dans le miroir. Ce n'était même pas le courage qui m'avait manqué, je n'en avais plus la force. Il se mit en colère et sortit de la pièce en claquant la porte. Et il me cria que j'étais un idiot.

Quand je revins sur le sujet, trois jours plus tard, et que je devinai son désir de parler à nouveau d'« eux », je fus content de reprendre le jeu ; peu m'importait à quoi il mènerait, le fait que le Maître insistât sur le sujet me donnait de l'espoir. Je lui racontai qu'« eux » se regardaient dans les miroirs, et bien plus souvent que les gens d'ici. Non seulement les palais des rois, des princes et des nobles, mais également les maisons des gens du commun étaient pleins de miroirs élégamment encadrés. Mais ce n'était pas là la seule raison ; s'ils avaient fait de si grands progrès en ce domaine, c'était parce qu'ils réfléchissaient sans cesse sur eux-mêmes. « En quel domaine ? » me demanda-t-il alors avec une naïveté et une curiosité qui m'ahurirent. Je me dis qu'il croyait littéralement à tout ce que je lui disais. Mais il sourit : « Donc, ils se regardent du matin au soir dans les miroirs ? » dit-il. C'était la première fois qu'il se raillait des gens dont j'avais été brutalement séparé. Furieux, je cherchai une réplique mordante et je la lui lançai aussitôt, sans plus réfléchir et sans y croire moi-même : je lui déclarai que l'homme ne pouvait réfléchir sur ce qu'il était que par lui-même, mais que le Maître, lui, manquait du courage nécessaire. Je vis avec plaisir son visage grimacer de douleur.

Mais ce plaisir me coûta cher. Non pas qu'il me menaçât de me tuer par le poison, non, mais quelques jours plus tard, ce courage dont je lui reprochais de manquer, il exigea que j'en fasse preuve moi-même. Tout d'abord, je tentai de m'en sortir en plaisantant : on ne pouvait découvrir qui on était en y réfléchissant pas plus qu'en se contemplant dans un miroir. Ce que je lui avais dit là, c'était pour le faire enrager, parce que j'étais moi-même en colère. Mais il ne parut pas croire à mes explications. Il menaça de réduire ma nourriture et même de m'enfermer dans ma chambre si je ne lui prouvais pas mon courage : je devais me pencher sur moi-même, consigner mes réflexions, noir sur blanc. Lui voulait voir de ses yeux comment on devait s'y prendre et aussi à quel point j'étais courageux.

V

J'écrivis tout d'abord quelques pages pour décrire les beaux jours que nous vivions dans notre propriété à Empoli en compagnie de mes frères et sœurs, de ma mère et de ma grand-mère. À vrai dire, je ne saisissais pas très clairement la raison pour laquelle j'avais choisi de relater ces souvenirs pour découvrir pourquoi j'étais moi ; c'était sans doute la nostalgie que je ressentais pour ces jours si heureux. De plus, depuis que j'avais, sous l'effet de la colère, laissé échapper ces paroles inutiles le Maître maintenait sur moi une pression telle que je me retrouvais obligé — comme je le suis aujourd'hui — de laisser courir mon imagination, en m'efforçant cependant de rendre mon récit vraisemblable et d'en faire goûter les détails au lecteur. Mais au début, ce que j'écrivis ne plut pas au Maître : il déclara qu'il s'agissait là de choses que tout un chacun pouvait imaginer et rédiger. À son avis, ce n'était pas ce qu'on faisait quand on réfléchissait en se regardant dans un miroir : il ne pouvait s'agir là du courage dont je l'accusais de manquer ! De même, après avoir lu le récit d'une partie de chasse en compagnie de mon père et de mes frères, au cours de laquelle, me retrouvant face à face avec un ours des montagnes des Alpes, nous nous étions longuement dévisagés, l'animal et moi, ou encore la description de mes sentiments à l'égard du cocher que j'aimais tant et qui mourut dans son lit après avoir été sous nos yeux foulé aux pieds par ses propres chevaux, le Maître fit le même commentaire : tout un chacun, répéta-t-il, pouvait écrire ces choses-là.

Je lui répliquai que ce que faisaient les gens, « là-bas », n'allait pas au-delà de mon travail ; j'avais exagéré sous l'effet de la colère quand je lui en avais parlé, et le Maître ne devait pas exiger davantage de moi. Mais lui ne l'entendait pas de cette oreille ; et comme j'avais peur de me retrouver enfermé dans ma chambre, je continuai à décrire toutes les images qui me revenaient à l'esprit. Si bien qu'au bout de deux mois, je me remémorais avec joie et mélancolie quantité de souvenirs de ce genre, sans importance peut-être, mais pleins de douceur : je me rappelais tant bien que mal et revivais tout ce qui m'était arrivé jusqu'au jour de ma captivité ; et je finis par comprendre que j'y prenais plaisir. Le Maître n'avait plus à me forcer pour écrire. Chaque fois qu'il me déclarait que ce n'était pas là ce qu'il était désireux d'apprendre, je passais à un autre souvenir : une autre histoire que j'avais décidé d'écrire.

Plus tard, voyant que le Maître prenait plaisir, lui aussi, à me lire, je me mis à guetter l'occasion de le faire participer à mon activité. Et pour l'y préparer, je lui parlai de certaines expériences de mon enfance : l'effroi que m'avait inspiré une interminable nuit d'insomnie ; l'amitié que je portais à un camarade avec lequel nous avions pris l'habitude de penser aux mêmes choses au même moment ; sa mort ; ma terreur à l'idée qu'on pourrait me croire mort, moi aussi, et m'enterrer vivant avec lui. Je savais que ces histoires plairaient au Maître. Peu après, j'osai raconter un songe que j'avais eu : mon corps me quittait, il s'alliait avec un autre, qui me ressemblait mais dont le visage demeurait invisible dans l'ombre, et tous deux se liguaient contre moi. Le Maître me dit que, ces jours-là, il entendait à nouveau et plus intensément que jamais cette ridicule ritournelle. Quand je vis qu'il avait été — comme je m'y attendais — impressionné par mon rêve, je lui répétai avec insistance que ce genre d'écriture était un travail qu'il lui fallait essayer. D'une part, il se sentirait délivré de ce sentiment d'interminable attente et, de l'autre, il pourrait découvrir la véritable frontière qui le séparait des « imbéciles ». Il recevait bien, de temps en temps, une invitation du Sérail, mais il ne se passait jamais rien qui pût raviver ses espoirs. Il se fit tout d'abord prier, puis, devant mon insistance, il finit par déclarer avec confusion qu'il était prêt à tenter l'expérience. Comme il craignait de paraître ridicule, il lança même une plaisanterie : étant donné que nous allions rédiger côte à côte nos souvenirs, ne fallait-il pas aussi nous regarder ensemble dans un miroir ?

Quand il parla de travailler côte à côte, l'idée qu'il veuille s'installer à la même table que moi ne m'effleura même pas. J'imaginais que je pourrais retourner à la liberté oisive de l'esclave paresseux dès qu'il se serait mis au travail. Mais je me trompais. Le Maître déclara que nous devions nous asseoir aux deux extrémités de la table et rédiger nos souvenirs face à face : ainsi seulement, à son avis, nos esprits, si enclins à la paresse quand ils se retrouvaient confrontés à ces sujets si dangereux, se soumettraient à une certaine règle d'activité et, de plus, déclara-t-il, nous pourrions nous imposer l'un à l'autre le désir de travail et de discipline. Ce n'étaient là que des prétextes, je le savais. Il avait peur de se retrouver livré à lui-même, de ressentir davantage sa solitude quand il réfléchissait. Je le compris quand, assis devant la page blanche, il se mit à se parler à voix haute : ce qu'il attendait de moi, c'était mon approbation préalable sur tout ce qu'il comptait écrire. Après avoir griffonné quelques lignes, il me montra ce qu'il avait écrit, avec une anxiété et un manque d'amour-propre qui ressemblaient fort à une humilité enfantine : ces choses-là valaient-elles la peine d'être écrites ? Je le lui affirmai.

Ainsi, en l'espace de deux mois, j'appris plus de choses sur son passé que je n'aurais pu le faire en dix ans. Sa famille vivait à Andrinople, ville où nous devions plus tard accompagner le Sultan. Il avait perdu très tôt son père ; il se souvenait à peine de son visage. Sa mère était une femme vaillante et laborieuse. Elle s'était remariée par la suite. Elle avait eu deux enfants de son premier mariage : un garçon et une fille ; puis quatre fils de son second époux, qui exerçait le métier de matelassier. Le plus doué de tous pour les études, c'était le Maître, évidemment. J'appris aussi qu'il avait été le plus intelligent, le plus adroit, le plus travailleur et le plus fort de tous ; le plus honnête aussi. Il parlait de ses frères avec haine, mais il n'était pas très sûr que cela valût la peine d'être évoqué. Je l'encourageai à le faire, peut-être parce que je pressentais déjà à l'époque que je m'approprierais un jour son style et l'histoire de sa vie. Il y avait quelque chose qui me plaisait dans son langage et dans ses manières, et que je désirais apprendre. L'homme doit aimer la vie qu'il a choisie au point de finir par l'assumer. Et moi, j'aime la mienne. Bien sûr, le Maître estimait que tous ses frères n'étaient que des idiots. Ils ne se manifestaient que pour lui soutirer de l'argent. Lui avait été reçu comme élève à la *médressè* de la mosquée de Sélimyé, mais il avait été victime de calomnies au moment d'y terminer ses études. Il ne revint jamais plus sur ce sujet, tout comme il ne me parla jamais des femmes. Au début de son récit, il avait noté une seule fois qu'il avait failli se marier, mais il avait aussitôt déchiré la page avec fureur. Il pleuvait cette nuit-là, une pluie incessante et fine. Ce fut la première de toutes les nuits terrifiantes que je devais connaître par la suite. Le Maître me lança des injures, il déclara que ce qu'il avait écrit n'était que mensonges, et il entreprit de réécrire le tout. Je dus vivre deux nuits blanches, parce qu'il voulait que je m'installe en face de lui pour écrire, moi aussi. Il ne s'intéressait plus à ce que j'écrivais, et moi, assis à l'autre bout de la table, je me contentais de reprendre les mêmes sujets, sans faire appel à mon imagination, tout en l'observant du coin de l'œil.

Plus tard, chaque matin, sur une feuille de ce beau papier immaculé qu'il faisait venir d'Orient à prix d'or, il écrivait un titre : « Pourquoi suis-je ce que je suis ? », mais ensuite, il ne faisait qu'énumérer les raisons qui « les » rendaient si stupides et si vulgaires. Je pus toutefois apprendre qu'il avait subi de graves injustices après la mort de sa mère ; qu'il était venu s'installer à Istanbul, avec le peu d'argent dont il avait hérité ; qu'il avait durant une certaine période fréquenté une confrérie, mais qu'il l'avait quittée après avoir compris que tous les membres n'étaient que des imbéciles ou des escrocs. J'aurais bien voulu en savoir plus sur les aventures qu'il avait vécues dans cette confrérie : j'estimais que le fait d'y avoir échappé était une réelle victoire, car il avait pu ainsi se distinguer des autres. Mais il se fâcha quand je lui en parlai ; il déclara que j'étais avide de connaître les détails de cette histoire pour pouvoir les utiliser un jour contre lui. À son avis, j'en avais déjà trop appris sur lui, mon désir de connaître ces détails — lui utilisait un de ces mots scabreux qui sont jugés grossiers — éveillait ses soupçons, ajouta-t-il. Aussitôt après, il me parla longuement de sa sœur Semra, si vertueuse, et de son mari, un méchant homme ; il me dit son chagrin de ne pas l'avoir revue depuis tant d'années ; mais l'intérêt avec lequel je l'écoutais le rendit méfiant et il passa à un autre sujet. Après avoir consacré à l'achat de livres tout l'argent qui lui restait, il n'avait fait que poursuivre ses études durant une longue période ; puis il avait trouvé quelques petits travaux de secrétariat ici et là, et il me répétait une fois de plus combien les gens étaient malhonnêtes quand il pensa à Sadik Pacha, dont nous venions d'apprendre le décès à Erzindjan. Il avait fait sa connaissance à cette époque-là, et aussitôt gagné ses faveurs par son intérêt pour le savoir. C'était le Pacha qui lui avait obtenu son poste à l'École des Jeunes, mais au fond, lui aussi n'était qu'un imbécile... Après avoir terminé ce récit dont la rédaction l'occupa un mois, il fut pris de regret et déchira tout ce qu'il avait écrit. Voilà pourquoi aujourd'hui, alors que je m'efforce à reconstituer le récit qu'il avait fait de sa vie et mon propre passé également, en me fiant à ma seule imagination, je ne crains pas de me laisser emporter par le flot des détails qui me plaisent. Dans un ultime élan d'enthousiasme, il écrivit quelques pages où, sous le titre « Les imbéciles que j'ai connus de près... », il entreprenait de classer les diverses catégories d'imbéciles, mais il fut vite pris de rage ; tout ce qu'il avait écrit ne le menait à rien ; il n'avait rien appris de nouveau ; il ne savait toujours pas pourquoi il était ce qu'il était ; je l'avais dupé ; je l'avais poussé à penser à des choses dont il ne voulait pas se souvenir. Et il saurait m'en punir, m'infliger le châtiment que je méritais. Je ne sais pourquoi cette idée de châtiment, qui me rappelait les premiers temps que nous avions passés ensemble, l'obsédait si fort ces jours-là. Je me disais parfois que je l'y encourageais par mon attitude, parce que je n'étais qu'un poltron bien docile. Et je décidai de me rebiffer dès qu'il serait à nouveau question de châtiment. Quand le Maître se lassa pour de bon de rassembler ses souvenirs, il reprit pour un temps ses allées et venues dans la maison. Puis il revint me trouver pour m'annoncer que c'était de la pensée elle-même que nous devions traiter : de même que l'homme pouvait voir son image quand il se regardait dans un miroir, de même il pouvait saisir sa quiddité en examinant le fond de sa pensée.

L'idée éclatante à laquelle menait l'analogie m'enthousiasma également. Nous nous installâmes sur-le-champ aux deux extrémités de la table. Du coup, j'écrivis moi aussi « Pourquoi suis-je ce que je suis ? » au haut de la feuille de papier, avec un peu d'ironie tout de même. Et j'entrepris de relater un souvenir d'enfance témoignant de ma timidité, parce qu'il me parut à ce moment-là constituer la caractéristique de ma personnalité. Quand je lus ce qu'avait écrit le Maître qui se plaignait une fois de plus de la méchanceté des autres, une idée me vint, qui me parut alors importante, et je lui en parlai : le Maître devait faire le récit de ses propres fautes, lui aussi. Comme il était en train de lire les pages que je venais de remplir, il me déclara qu'il n'était pas un poltron, lui. Je protestai : non, ce n'était pas un couard, mais comme pour tout un chacun, il y avait sûrement de mauvais côtés chez lui. S'il les observait et les étudiait, il pourrait se découvrir lui-même, c'était ce que j'avais fait ; et je sentais bien qu'il voulait être comme moi ! Je le vis alors pris de fureur, mais il sut se maîtriser ; il parla en s'efforçant à un ton plus mesuré : c'étaient les autres qui étaient mauvais, pas tout le monde, bien sûr, mais si tout allait mal, c'était parce que la plupart étaient imparfaits, dépourvus d'esprit constructif. Sur quoi, je protestai, en lui déclarant qu'il avait, lui aussi, de mauvais penchants, très vils même, et qu'il devait en être conscient. Et je conclus avec insolence : le Maître était encore plus mauvais que moi.

Ainsi débutèrent ces jours abominables, aussi ridicules que terrifiants : après m'avoir ligoté à une chaise et poussé devant la table, il s'installait en face de moi et m'ordonnait d'écrire ce qu'il désirait, alors qu'il ne savait pas lui-même ce qu'il voulait. Il n'avait rien d'autre en tête que cette analogie : tout comme l'homme peut voir dans un miroir son apparence extérieure, il doit pouvoir observer par la réflexion l'intérieur de son esprit. Moi, je savais comment m'y prendre, disait-il, mais je ne lui en livrais pas le secret. Du coup, le Maître, assis à l'autre bout de la table, attendait que je le fasse par écrit, et je noircissais les feuilles devant moi, en racontant des histoires fort exagérées sur mes péchés. Je relatais avec un vif plaisir et en les grossissant les petits larcins, les petits mensonges de mon enfance, les ruses que j'utilisais pour me faire aimer plus que mes frères et sœurs par nos parents, les péchés sexuels de ma prime jeunesse. Après avoir lu ces histoires avec curiosité, mais aussi avec un étrange plaisir mêlé de peur qui me surprenait, le Maître s'irritait encore plus et m'infligeait pour ma peine un traitement encore plus cruel et qu'il ne savait plus calculer. Peut-être parce que les péchés de ce passé dont il pressentait qu'il se l'approprierait lui devenaient intolérables. Il s'était mis à me frapper pour de bon. Après avoir pris connaissance de l'un des péchés que j'avais commis autrefois, il me traitait de coquin et m'administrait une bourrade, avec une colère dissimulée sous le ton de la plaisanterie. Il lui arriva même, incapable de se maîtriser, de me donner une gifle. Peut-être se conduisait-il ainsi tout simplement par ennui ; parce que les invitations au Sérail se faisaient de plus en plus rares, et qu'il était convaincu de ne plus jamais se trouver un centre d'intérêt, à part lui et moi. Mais au fur et à mesure qu'il lisait le récit de mes mauvaises actions, et qu'il aggravait ses punitions infantiles, ma confiance en moi-même ne faisait que croître. Pour la première fois, je commençais à me dire que j'avais désormais la haute main sur lui.

Un jour, alors qu'il m'avait frappé en me faisant très mal, je compris qu'il ressentait de la pitié pour moi. C'était là un sentiment malsain, mêlé de répulsion, que l'on ressent envers quelqu'un que l'on ne considère pas vraiment comme son égal ; je le devinais aussi parce qu'il pouvait me regarder désormais sans haine. « Cessons d'écrire », me dit-il, pour se reprendre aussitôt : « Je ne veux plus que tu écrives. » Depuis des semaines, en effet, je couchais par écrit tous les péchés que j'avais commis ; lui se contentait de m'observer. Il me déclara qu'il nous fallait sortir de cette maison, de jour en jour plus sinistre, faire un petit voyage ; nous pourrions peut-être aller à Guebzé. Il s'y remettrait à ses travaux sur l'astronomie, il pensait rédiger un traité sur la vie des fourmis, plus sérieux que le premier. J'eus peur, je le voyais sur le point de perdre toute considération pour moi, et pour maintenir en éveil son intérêt à mon égard, j'inventai une nouvelle histoire, qui me rabaissait abominablement. Il la lut avec plaisir et passion, et ne manifesta aucune réprobation ; mais, je le sentais bien, il se demandait comment je pouvais me résoudre à être quelqu'un d'aussi vil. À cette époque, il était peut-être encore résigné à demeurer lui-même jusqu'à la fin de ses jours. Bien sûr, il savait très bien qu'il y avait dans mes aveux une part de jeu. Ce jour-là, j'eus avec lui un langage de bouffon de palais, qui sait pertinemment qu'on ne fait aucun cas de lui. Je m'efforçai d'attiser encore plus sa curiosité qui s'accroissait de jour en jour. Que perdrait-il, lui dis-je, si pour comprendre comment je pouvais être l'homme que j'étais, il tentait une dernière fois d'écrire, lui aussi, quelques pages sur ses propres péchés avant de partir pour Guebzé ? Et peu importait qu'il y dise la vérité ou non, ou que personne ne croie à ce qu'il y racontait : il pourrait ainsi me comprendre, moi et les gens qui me ressemblaient, ce qui pourrait lui être utile un jour ! Finalement, incapable de résister à mon insistance et à sa propre curiosité, il déclara qu'il tenterait l'expérience dès le lendemain. Il ne manqua pas d'ajouter qu'il le ferait non parce qu'il se laissait abuser par mes petites ruses stupides, mais parce qu'il avait envie de le faire...

Le lendemain fut le plus beau jour de ma vie d'esclave. Il ne m'attacha pas à ma chaise et je passai la journée, assis en face de lui, à l'observer. Avec le plus grand plaisir, je le voyais se transformer peu à peu, devenir un autre homme. Au début, il croyait tellement à ce qu'il faisait qu'il ne prit pas la peine d'écrire au haut de la feuille de papier ce titre absurde : « Pourquoi suis-je ce que je suis ? » Puis il afficha l'assurance du petit garçon malicieux en train d'imaginer un mensonge plaisant ; mais je pouvais voir du coin de l'œil qu'il se trouvait encore dans son univers si stable et si solide. Cependant, cette vaine assurance ne dura guère, pas plus que le sentiment de culpabilité factice qu'il affichait à mon intention. Très vite, l'ironie simulée se transforma en crainte, le jeu devint réalité ; même s'il ne s'agissait là que d'un simulacre, l'aveu de ses torts effrayait le Maître d'une façon stupéfiante : il effaça très vite tout ce qu'il avait écrit sans me permettre de le lire ! Mais il s'était laissé prendre à la curiosité ; je crois bien aussi qu'il avait honte de moi. Il se remit à écrire. S'il s'était levé, cédant à son premier élan, et éloigné de la table, il aurait sans doute conservé sa sérénité, ce qui l'aurait sauvé.

Dans les heures qui suivirent, je pus le voir se défaire peu à peu. Il noircissait des pages de ses confessions, puis les déchirait sans me les lire, perdant un peu plus à chaque fois de son amour-propre et de sa confiance en lui, puis il se remettait à écrire, dans l'espoir de retrouver ce qu'il avait perdu. Il avait promis de me faire lire le récit de ses péchés, mais quand la pénombre envahit la pièce, je n'avais toujours pas lu un seul mot de cette confession que je mourais d'envie de connaître : tout avait été déchiré et jeté. Et le Maître était à bout de forces. Quand il me lança des injures, en hurlant que tout cela n'était qu'un vilain jeu de giaour, il avait tellement perdu de son assurance que je pus lui riposter avec insolence. Je lui conseillai de ne pas se faire autant de souci, et j'ajoutai qu'il finirait par s'habituer à n'être qu'un pécheur. Il quitta la maison, peut-être parce qu'il ne pouvait plus supporter mon regard, et rentra tard dans la nuit ; je compris à l'odeur qui se dégageait de ses vêtements qu'il était allé, comme je l'avais supposé, coucher avec ces femmes de mauvaise vie.

Le lendemain après-midi, pour le pousser à continuer son travail, j'affirmai au Maître qu'il avait assez de force de caractère pour ne pas se laisser atteindre par des petits jeux de ce genre. D'autre part, cette activité n'était pas un simple passe-temps, elle pouvait nous permettre de découvrir pourquoi ceux qu'il appelait « les imbéciles » étaient si bêtes. La seule perspective de nous connaître à fond n'avait-elle pas d'attrait pour lui ? J'avançais l'idée qu'on pouvait se laisser prendre à l'envoûtement d'un être dont on connaît l'âme dans ses moindres détails, comme on peut se complaire dans un cauchemar terrifiant.

Il reprit sa place devant la table, stimulé sans doute par la lumière du jour, mais certainement pas sous l'effet de mes paroles, qu'il ne prenait guère plus au sérieux que des bouffonneries d'un nain du Sérail. Quand, le soir, il quitta la table, il éprouvait encore moins de confiance en lui-même que la veille. Je ressentis de la pitié pour lui lorsque je le vis sortir pour aller chez les prostituées.

Ainsi, chaque matin, persuadé qu'il arriverait à surmonter sa répulsion pour les péchés qu'il devrait confesser ce jour-là, il reprenait sa place avec l'espoir qu'il pourrait récupérer ce qu'il avait perdu la veille; et il ne la quittait que le soir, en abandonnant sur la table une partie de ce qui lui restait d'assurance. Depuis qu'il s'était mis à se mépriser lui-même, il ne pouvait plus éprouver de mépris pour moi; je me disais que j'avais enfin retrouvé le sentiment d'égalité entre nous, égalité que j'avais à tort considérée comme allant de soi aux premiers jours de notre vie commune, et j'en étais ravi. Comme ma présence le dérangeait, il m'avait déclaré que je n'avais plus à m'asseoir à l'autre bout de la table; ce qui était bon signe. Mais la colère, accumulée en moi depuis des années, avait pris le mors aux dents sous l'effet de mes sentiments. Je voulais me venger, passer à l'attaque; tout comme lui, j'avais perdu le sens de la mesure. Si j'arrivais à pousser le Maître à douter encore un peu plus de lui-même et à me lire ces confessions qu'il me cachait si soigneusement, pour l'humilier avec encore plus de raffinement, ce serait lui qui deviendrait l'esclave et le pécheur, me semblait-il, le méchant de cette maison, et non plus moi. D'ailleurs, certains signes me l'annonçaient. Je sentais qu'il avait parfois besoin de vérifier que je ne me moquais pas de lui. Comme tous les faibles qui manquent d'assurance, il avait besoin que je lui redonne confiance. Il me demandait plus souvent mon avis sur les sujets quotidiens les plus insignifiants : sa tenue convenait-elle à l'occasion? Cette réplique qu'il avait lancée à un sot, l'avais-je appréciée? Est-ce que sa calligraphie me plaisait? À quoi pensais-je? Craignant de le voir perdre espoir et renoncer à notre jeu, je me critiquais moi-même pour le rassurer, en m'avilissant tant que je pouvais. Il me lançait alors ce regard amusé qui signifiait « Quel coquin tu fais! », mais il ne me bourrait plus de coups de poing; j'étais persuadé qu'il s'estimait avoir mérité un coup de poing lui-même!

Ces confessions qui l'amenaient à se mépriser m'intriguaient beaucoup. En ce temps-là, comme j'avais pris l'habitude de le traiter de haut — ne fût-ce qu'en mon for intérieur —, je me disais parfois que ses confessions ne traitaient que de peccadilles, et des plus banales. Quand aujourd'hui, dans le dessein de rendre crédible mon passé, je cherche à imaginer dans tous leurs détails quelques-unes de ces confessions dont je n'ai pu lire une seule ligne, je n'arrive pas à attribuer au Maître un péché convenant à sa personnalité, sans toutefois nuire à la vraisemblance de mon récit et de la vie que je me suis imaginée. Mais je suppose qu'un homme se trouvant dans ma situation peut parvenir à retrouver confiance en lui : je dois dire que j'avais amené le Maître à faire une découverte, sans qu'il s'en rendît compte. Même si ce n'était que d'une façon détournée, j'avais mis en évidence ses faiblesses et les faiblesses de ceux qui lui ressemblaient. Je me disais sans doute que les jours où je pourrais me venger, non seulement de lui, mais des autres, étaient proches ; j'allais les détruire en leur prouvant qu'ils n'étaient que des pécheurs. Les lecteurs de mon récit l'auront compris, je le sais bien : si j'appris beaucoup de choses au Maître, il m'en apprit autant. Si telle est ma conviction aujourd'hui, c'est parce que l'homme, dans sa vieillesse, recherche beaucoup plus de symétrie, même dans les histoires qu'il lit. Je me laissais sans doute entraîner par une rancune accumulée au cours des années. Après avoir poussé le Maître à s'humilier profondément, je pourrais lui prouver au moins ma supériorité sur lui, le forcer à me rendre ma liberté, je lui réclamerais effrontément mon acte d'affranchissement, et j'imaginais qu'il me rendrait ma liberté sans même discuter. Je réfléchissais déjà aux détails du livre que j'écrirais à mon retour chez moi, sur mes aventures et sur les Turcs. Avec quelle facilité je me laissais aller à la démesure ! Tout changea brusquement avec la nouvelle qu'il me rapporta un beau matin.

La peste avait éclaté dans la ville ! Au début, je n'y crus pas trop, parce qu'il en parlait comme si tout cela se passait dans une ville lointaine, et non à Istanbul ; je lui demandai d'où il tenait la nouvelle, je réclamai des détails. On avait remarqué une forte augmentation du nombre des morts inexplicables, apparemment causées par une épidémie. Je lui demandai quels étaient les symptômes de la maladie, il ne s'agissait peut-être pas de la peste. Le Maître se moqua de moi, je n'avais pas à m'inquiéter, me dit-il ; si j'étais atteint, mes doutes seraient vite dissipés : on disposait de trois jours de fièvre violente pour s'en convaincre ! Des bubons apparaissaient chez les uns sous les aisselles, chez les autres au bas des oreilles ou sur le ventre, puis le malade était pris d'une fièvre terrifiante ; ces abcès perçaient parfois, parfois le malade crachait le sang ; il y avait aussi ceux qui mouraient dans de grandes quintes de toux, comme les gens atteints de maladie de langueur. Le Maître ajouta que quatre ou cinq personnes mouraient chaque jour dans chaque quartier. Pris de peur, je lui demandai s'il y avait déjà eu des morts dans notre voisinage. N'en avais-je donc pas entendu parler ? Le maître maçon, qui se querellait avec tous ses voisins parce que les gamins lui volaient ses pommes ou parce que des poules avaient pénétré dans son jardin, était mort une semaine plus tôt en hurlant, brûlant de fièvre... On venait à peine de comprendre qu'il était mort de la peste...

Je me refusais encore à le croire : dehors tout était si paisible, les gens qui passaient sous nos fenêtres semblaient si calmes ; à croire que, pour me persuader de la réalité de la peste, j'avais besoin de quelqu'un pour partager mon inquiétude ! Le lendemain matin, dès que le Maître fut parti pour son école, je me précipitai dans la rue à la recherche des renégats italiens dont j'avais fait la connaissance au cours de ces onze années. L'un d'eux, Moustafa Reïs de son nouveau nom, était parti pour l'Arsenal. L'autre, Osman Éfendi, ne me laissa même pas entrer, en dépit de mes grands coups de poing dans sa porte ; il me fit dire par son serviteur qu'il s'était absenté, mais il ne put s'empêcher de me rappeler alors que je m'éloignais déjà : comment pouvais-je encore demander s'il y avait vraiment la peste ? Ne voyais-je donc pas défiler tous ces cercueils dans la rue ? Il me dit que j'avais peur, il lisait l'épouvante sur mon visage, et j'avais peur parce que je m'entêtais à rester chrétien ! Il me fit des reproches : pour vivre heureux dans ce pays, il fallait être musulman ! Et pourtant, il ne me serra pas la main, il évita de me frôler avant de retourner s'enfermer dans la pénombre humide de sa maison. C'était l'heure de la prière, et quand je vis les foules qui se pressaient dans les cours des mosquées, je fus pris de terreur et me hâtai de rentrer à la maison. J'étais saisi par la stupeur, l'hébétude qui nous envahit quand survient une catastrophe. À croire que j'en avais même oublié mon passé, que ma mémoire s'était effacée. Je me sentais paralysé. Quand je croisai dans notre quartier un groupe d'hommes transportant un cercueil, je me retrouvai à bout de nerfs.

Le Maître était rentré de l'école ; je devinai sa joie quand il vit l'état dans lequel je me trouvais. Je pouvais voir s'accroître son assurance, parce qu'il m'estimait lâche, et cela me rendait furieux. Je voulus le voir perdre le vain orgueil qu'il tirait de son courage. M'efforçant à maîtriser mon émotion, je fis étalage de toutes mes connaissances, médicales et littéraires. Je lui racontai toutes les descriptions de la peste que je me souvenais d'avoir lues chez Hippocrate, Thucydide ou encore Boccace ; je lui expliquai que l'on était à présent persuadé de la nature contagieuse de cette maladie. Mais mes paroles ne le rendirent que plus méprisant encore. Il n'avait pas peur de la maladie, me dit-il, car la maladie dépend de la volonté de Dieu. Si l'on mourait, c'était parce que l'on devait mourir. Voilà pourquoi il était inutile de se cloîtrer en évitant tout contact avec l'extérieur, comme je le proposais si sottement sous l'effet de la peur, et de tenter de s'enfuir d'Istanbul : la mort pouvait nous retrouver n'importe où, si cela était écrit ! Pourquoi donc avais-je si peur ? À cause de mes péchés que j'énumérais par écrit jour après jour ? Il sourit quand il me posa la question ; ses yeux étincelaient d'espoir.

Je ne pus jamais savoir s'il croyait lui-même à ce qu'il me disait là, jusqu'au jour où nous nous séparâmes à jamais. Son insouciance m'avait fait peur un bref instant, mais par la suite, j'en doutai, quand je me souvins des discussions que nous avions eues aux deux extrémités de la table et de nos jeux dangereux. Le Maître revenait sans cesse aux confessions que nous avions rédigées face à face ; et avec cette vanité qui me rendait fou de colère, il avançait toujours le même raisonnement : puisque j'avais si peur de la mort, cela signifiait que je n'avais pu surmonter le poids des péchés que je semblais confesser avec courage ! La hardiesse dont je témoignais en avouant mes péchés n'était qu'une vulgaire effronterie ! Alors que l'indécision qu'il avait lui-même traversée à cette époque était causée par la minutieuse attention qu'il portait à la plus vénielle de ses fautes. Mais à présent, il avait recouvré la paix ; sa fermeté inébranlable face à la peste l'avait convaincu de son innocence et lui avait rendu sa sérénité.

Écœuré par ces affirmations auxquelles je me laissai prendre stupidement, je décidai de lutter contre ses arguments ; je lui expliquai naïvement que s'il n'avait pas peur de la mort, ce n'était pas parce qu'il avait la conscience tranquille, mais parce qu'il ne savait pas la mort si proche. Je lui expliquai comment nous devions nous en protéger, comment nous devions éviter de toucher aux pestiférés ; les morts devaient être enterrés dans des fosses pleines de chaux vive ; les gens devaient réduire au minimum les contacts entre eux, et le Maître ne devait plus aller enseigner dans cette école si fréquentée.

Ce dernier conseil lui inspira apparemment des idées encore plus terrifiantes que la peste ! Le lendemain, à son retour, il tendit les mains vers moi, en m'affirmant qu'il avait touché chacun de ses élèves, l'un après l'autre, et quand il me vit fuir son contact avec terreur, il se rapprocha de moi en riant et me serra entre ses bras ; j'avais envie de hurler, mais j'étais incapable de crier, comme dans un cauchemar. Quant au Maître, il répétait qu'il m'apprendrait à ne plus avoir peur, avec une ironie que je ne devais déceler que bien plus tard.

VI

La peste se répandait rapidement, mais je n'arrivais pas à apprendre ce que le Maître appelait le courage. Il est vrai que je ne prenais plus autant de précautions qu'aux premiers jours de l'épidémie. À force de demeurer enfermé dans ma chambre pour épier la rue par la fenêtre comme une vieille grabataire, j'avais épuisé tout mon lot de patience. De temps en temps seulement, je me jetais hors de la maison pour errer dans les rues pareil à un ivrogne, je m'efforçais de m'accoutumer à la peste, au spectacle des femmes faisant des emplettes au marché, des artisans au travail dans leurs échoppes, des hommes rassemblés dans les cafés après avoir mené leurs morts au cimetière. Et j'aurais peut-être fini par m'y habituer peu à peu si le Maître n'avait cessé de me provoquer.

Chaque soir, il tendait vers moi ses mains avec lesquelles il affirmait avoir touché des gens tout au long du jour. J'attendais sans broncher, pétrifié. Exactement comme vous vous retrouvez paralysé quand, à votre réveil, vous découvrez un scorpion qui se promène sur votre corps. Les doigts du Maître ne ressemblaient pas aux miens ; je les sentais remuer sur moi, glacés, alors qu'il me posait la question : « As-tu peur ? » Je ne bronchais toujours pas. « Tu as peur. Pourquoi as-tu peur ? » J'avais parfois envie de repousser sa main et de me battre avec lui, mais je savais que cela ne ferait qu'accroître sa rage. « Je vais te dire pourquoi tu as peur. Tu as peur parce que tu es coupable. Tu as peur parce que tu t'es vautré dans le péché. Tu as peur parce que tu crois bien plus à ce que je te dis que je ne crois à ce que tu me racontes ! »

Et ce fut lui qui insista pour que nous nous installions aux deux bouts de la table. Le moment était venu d'écrire pourquoi nous étions ce que nous étions, déclara-t-il. Mais cette fois encore, tout ce qu'il put écrire, ce fut pour se poser la question : pourquoi « les autres » étaient-ils ce qu'ils étaient ? Et pour la première fois, il me fit lire avec fierté ce qu'il avait écrit. Quand je devinai qu'il attendait que j'éprouve de la honte de ce que je lisais, je ne sais pourquoi, je ne pus dissimuler mon dégoût et je lui dis qu'il s'abaissait au même niveau que « les imbéciles » et qu'il allait mourir de la peste avant moi.

C'est alors que je compris que ces paroles constituaient pour moi la plus redoutable des armes. Du coup, je lui rappelai son travail des dix dernières années, je lui parlai du temps qu'il avait consacré à l'élaboration de son système de cosmographie ; des heures qu'il avait passées, au risque de s'abîmer les yeux, à suivre les mouvements des corps célestes ; des jours et des jours qu'il avait vécus le nez plongé dans les livres. À présent, c'était à mon tour de le harceler ; je lui expliquai qu'il était idiot de mourir pour rien, alors qu'il était possible de se protéger de la peste, et de vivre. Tout ce que je lui disais ne faisait qu'aggraver ses doutes et rendre plus douloureux le châtiment que je voulais lui infliger. Quand il lut ce que je venais d'écrire, je devinai qu'il retrouvait — bien à contrecœur — le respect qu'il n'éprouvait plus à mon égard.

Afin d'oublier ma mauvaise fortune, j'emplissais des pages et des pages à noter les songes pleins de bonheur que je voyais si fréquemment à cette époque, non seulement la nuit, mais aussi au cours de mes siestes. Dès mon réveil, pour oublier la réalité, je relatais dans une langue poétique et fort soignée ces rêves dans lesquels se confondaient action et signification.

D'étranges personnages s'y déplaçaient entre les arbres de la forêt jouxtant notre domaine, ils connaissaient tous les secrets que l'homme cherche à percer depuis des années. Quand on osait pénétrer dans les noires profondeurs de ces bois, on pouvait lier amitié avec eux ; nos ombres ne disparaissaient plus au coucher du soleil ; alors que nous dormions d'un sommeil paisible entre nos draps immaculés et frais, elles s'animaient et devenaient capables de résoudre les milliers de petites choses qu'il est essentiel d'apprendre et de vivre ; nous les apprenions sans la moindre fatigue ; les personnages à trois dimensions que je créais dans mes rêves quittaient leurs cadres pour venir se mêler à nous ; mon père, ma mère et moi inventions des machines d'acier qui effectuaient pour nous les travaux de notre jardin...

Le Maître devinait bien que ces rêves n'étaient que des pièges diaboliques, destinés à l'entraîner dans les ténèbres d'une science sans fin ; il savait qu'à chaque fois, il perdait un peu de ses certitudes, et cependant, il ne pouvait s'empêcher de me poser des questions : que signifiaient ces rêves sans queue ni tête ? Est-ce que je les voyais vraiment ? Si bien que je lui appliquai la méthode que nous devions utiliser des années plus tard avec le Sultan : je déduisis de ces rêves des conclusions sur mon avenir et le sien : de toute évidence, la science était une maladie ; une fois touché par ce mal, l'homme ne pouvait pas plus lui échapper qu'à la peste ! On pouvait dire sans se tromper que le Maître avait été atteint par ce mal. Et pourtant j'étais curieux de connaître ses rêves à lui ! Il m'écoutait en affichant la raillerie, mais il n'osait pas trop discuter, car il avait dû rabattre de son orgueil pour me poser la question. Et puis, je le voyais bien, quand il m'écoutait parler, il était très intéressé par ce que je lui racontais. Ma propre peur de la mort ne diminuait certes pas à mesure que je voyais ébranlée la sérénité dans laquelle il se drapait depuis le début de l'épidémie, mais du moins n'étais-je plus seul à avoir peur. Bien sûr, chaque soir, je payais ce plaisir au prix des avanies qu'il me faisait subir. Mais j'avais désormais compris que je ne me battais pas en vain. Chaque fois que le Maître tendait la main vers moi, je lui déclarais qu'il serait le premier de nous deux à mourir, je lui rappelais que les gens qui ne redoutaient pas la mort n'étaient que des ignorants, que ses écrits demeureraient inachevés, alors que mes rêves, qu'il avait pu lire le jour même, étaient pleins de bonheur.

Mais la goutte qui fit déborder le vase, ce ne fut pas tout ce que je viens de décrire. Un jour, le père de l'un de ses élèves vint nous rendre visite ; il avait l'air d'un homme modeste, inoffensif ; il habitait dans notre quartier. Je m'étais retiré dans mon coin, tel un chat somnolent, et je les écoutais longuement parler de choses et d'autres. Notre homme finit par aborder l'objet de sa visite : il avait une cousine, du côté paternel ; son mari était mort l'été dernier en tombant du toit qu'il réparait. La veuve ne manquait pas de prétendants, mais notre visiteur avait pensé au Maître ; il avait appris par les gens du quartier que ce dernier acceptait de recevoir les marieurs... Le Maître eut une réaction d'une rudesse qui me surprit. Il déclara qu'il ne pensait pas à se marier, et que le jour où il se déciderait, il n'épouserait certainement pas une veuve. Là-dessus, notre visiteur lui rappela que le Prophète avait épousé Hatidjè, bien que veuve, et de plus, en qualité de première épouse. Le Maître lui répliqua qu'il avait entendu parler de la veuve en question, et qu'elle ne valait même pas une rognure d'ongle de la vénérable Hatidjè. Sur quoi, notre visiteur — qui avait un drôle de nez — insinua que le Maître ne valait pas grand-chose lui-même ; il se refusait à y croire, mais dans le quartier, on affirmait que le Maître avait perdu la tête, et les gens voyaient d'un mauvais œil son observation des étoiles, ses petits jeux avec des lentilles optiques et les étranges horloges qu'il inventait. Avec la rage du commerçant qui cherche à déprécier la marchandise qu'il compte acheter, il continua sur sa lancée : le Maître prenait ses repas assis devant une table comme les infidèles, et non comme tout le monde, assis en tailleur ; il dépensait des masses d'argent pour acheter des grimoires, il les jetait sur le plancher et posait le pied sur des pages où était peut-être cité le nom du Prophète ; ne parvenant pas à apaiser le démon qui l'habitait en contemplant le ciel durant des heures, il s'étendait en plein jour sur son lit pour fixer le plafond sale de sa chambre ; il n'appréciait pas les femmes et n'avait de goût que pour les jeunes garçons ; et puis, j'étais en réalité son frère jumeau ; il n'observait pas le jeûne du Ramadan et c'était à cause de lui que le Ciel nous avait envoyé la peste...

Après s'être débarrassé de son visiteur, le Maître piqua une crise de rage : je décidai que sa sérénité, due au fait qu'il partageait les idées et les sentiments des autres, touchait à sa fin. Dans le but de lui assener un dernier coup, je lui dis que les gens qui n'avaient pas peur de la peste étaient tous aussi idiots que notre voisin. Le Maître en parut troublé et répéta qu'il ne craignait pas la peste, lui non plus ; et je ne sais pourquoi, je me dis qu'il était sincère en me disant cela. Il était très nerveux, agité, comme s'il ne savait plus que faire de ses bras et de ses mains, et reprenait sans cesse sa rengaine sur « les idiots », qu'il semblait avoir oubliée ces derniers temps. À la tombée du soir, il décida que nous allions nous installer devant la table, et il y posa la lampe qu'il venait d'allumer : nous devions nous remettre à écrire.

Assis face à face, tels deux vieux garçons qui passent leurs interminables soirées d'hiver à tirer les cartes, nous couvrions des pages et des pages de nos gribouillis. Comme nous étions grotesques ! Et quand, le lendemain matin, je pus lire ce que le Maître avait écrit au sujet de ses rêves, je le trouvai encore plus ridicule que moi. Il avait raconté un songe — lui aussi — en s'efforçant d'imiter les miens, un rêve que, de toute évidence, il avait inventé de toutes pièces : nous y étions frères, lui et moi ! Il s'était attribué le rôle d'aîné ; quant à moi, j'écoutais docilement tout ce qu'il me disait sur la science. Le lendemain matin, au petit déjeuner, il me demanda ce que je pensais de ces rumeurs qui prétendaient que nous étions jumeaux. Cette question me plut quelque peu, mais elle ne flattait pas trop mon amour-propre, et je me tus. Deux jours plus tard, il me réveilla en pleine nuit en m'affirmant qu'il venait de voir pour de bon le rêve qu'il avait relaté. C'était peut-être vrai, mais je ne sais pourquoi, je n'y accordai pas d'importance. La nuit suivante, il m'avoua qu'il avait peur de mourir de la peste.

Las de me cloîtrer dans la maison, j'étais sorti tard dans l'après-midi faire un tour dans le quartier ; dans un jardin, les enfants avaient grimpé sur les arbres, abandonnant sur l'herbe leurs chaussures de toutes les couleurs. Les femmes faisaient la queue devant la fontaine, en bavardant entre elles ; elles ne se taisaient plus sur mon passage. Les chalands étaient nombreux au marché ; certains contemplaient avec bonne humeur des gens qui se querellaient et ceux qui tentaient d'intervenir pour mettre fin à la bagarre. Je m'efforçai de me persuader que l'épidémie avait perdu de sa violence. Mais quand je vis des cercueils quitter à la queue leu leu la cour de la mosquée de Beyazit, j'en fus bouleversé et je dus rentrer en toute hâte à la maison. Alors que je me dirigeais vers ma chambre, j'entendis la voix du Maître : « Viens donc voir ça... » Il avait déboutonné sa chemise et me montrait une rougeur, une légère enflure au-dessous de son nombril. « Il doit y avoir des insectes dans cette maison... » Je m'approchai de lui et examinai attentivement son ventre : la tache rouge était minuscule, l'enflure rappelait une piqûre d'insecte. Pourquoi me la montrait-il ? Je n'osai pas en rapprocher davantage mon visage. « C'est bien une piqûre d'insecte, n'est-ce pas ? » me dit-il, et il toucha l'enflure du doigt. « Une puce, peut-être... » Je gardai le silence. Je ne lui dis pas que je n'en avais jamais vu de ce genre.

Jusqu'au coucher du soleil, je trouvai des prétextes pour passer l'après-midi dans le jardin. Je savais bien qu'il me fallait fuir cette maison, mais où aurais-je pu aller? Et puis, cette inflammation ressemblait fort à une piqûre d'insecte; elle n'était pas aussi large, aussi grosse que le bubon de la peste. Mais un peu plus tard, je changeai d'avis; peut-être parce que j'allais et venais dans le jardin entre les herbes qui semblaient pousser à vue d'œil, je me dis que cette petite tache rouge pouvait enfler en deux jours, comme une fleur, mûrir et crever, et que le Maître risquait de mourir dans d'horribles souffrances. D'autre part, il existait peut-être un insecte, quelque espèce propre aux pays chauds, qui ne se manifestait que la nuit. Mais je n'arrivais pas à trouver un nom convenant à cette créature fantomatique...

Quand nous nous installâmes pour le dîner, le Maître s'efforça de simuler la gaieté : il fit des plaisanteries, il me taquina, mais cette petite comédie ne dura guère. Après avoir terminé notre repas dans le silence, et bien après la tombée d'une nuit très calme où ne soufflait pas la moindre brise, le Maître se décida à parler. « Je m'ennuie. Et j'ai des idées noires. Remettons-nous au travail », dit-il.

Mais il fut incapable d'écrire une ligne. Alors que je noircissais des pages en toute sérénité, lui se contentait de m'observer du coin de l'œil. « Qu'est-ce que tu écris là ? » Je le lui lus : je décrivais l'impatience qui m'avait saisi, alors que je rentrais chez moi pour les vacances, dans une carriole tirée par un seul cheval, à la fin de ma première année à l'École des Ingénieurs. Mais en même temps, j'aimais beaucoup l'école et mes camarades, qui me manquaient déjà, et je pensais à eux quand, assis au bord d'un ruisseau, je lisais les livres, dont je m'étais muni pour les vacances... Après un court silence : « Vivent-ils donc toujours aussi heureux, là-bas ? » me demanda le Maître en chuchotant, comme s'il me livrait un secret. Je crus qu'il allait aussitôt regretter sa question, mais non, il continuait à me regarder avec une curiosité enfantine. Je lui répondis en chuchotant, moi aussi : « J'étais heureux, moi. » Une légère jalousie tendit ses traits, mais elle n'avait rien de menaçant. Alors, il se mit à parler, avec timidité.

À l'âge de douze ans, alors qu'il vivait encore à Andrinople, sa mère, sa sœur et lui se rendaient souvent à l'Hospice de la mosquée de Beyazit, rendre visite au père de sa mère qui souffrait de l'estomac. De bonne heure le matin, sa mère confiait aux voisins le benjamin — qui ne marchait pas encore —, elle s'emparait de la jatte de blanc-manger qu'elle avait préparée ; ils se mettaient en route, sa mère, sa sœur et lui, en suivant un chemin assez court et fort agréable, à l'ombre de peupliers. Le grand-père racontait des histoires aux enfants. Le Maître aimait beaucoup ces histoires, mais il aimait encore plus l'Hospice, et il s'échappait de la salle pour errer dans les Bâtiments. Lors de l'une de ses visites, il avait pu écouter la musique que l'on jouait pour les aliénés, sous un immense dôme éclairé par une lanterne ; on y entendait aussi murmurer une eau vive. Il parcourait les salles où étincelaient des flacons et toutes sortes de récipients étranges et de toutes les couleurs. Il s'était même égaré une fois et il avait éclaté en sanglots. Il avait fallu lui faire traverser tout l'Hospice, salle après salle, jusqu'au moment où il avait reconnu celle où était couché Abdullah Éfendi. Il voyait souvent sa mère pleurer, mais le plus souvent, elle écoutait les histoires du grand-père, comme le faisait la petite fille. Puis ils rentraient tous trois à la maison, la jatte vide à la main, et en route, la mère achetait du *helva*, « On va manger ça en cachette », disait-elle aux enfants ; ils avaient un coin qu'ils aimaient beaucoup entre les peupliers, au bord de la rivière, ils s'asseyaient côte à côte, les pieds tendus vers l'eau, et savouraient leur *helva* à l'abri des regards.

Quand le Maître se tut, un silence régna qui nous rapprocha l'un de l'autre, dans un étrange et troublant sentiment de fraternité. Un long moment, le Maître réussit à ignorer cette tension. Puis quelqu'un fit claquer sans ménagement la porte d'une maison voisine. Alors seulement, il se remit à parler : il avait ressenti de l'intérêt pour le savoir à cette époque-là, au spectacle des malades, à la vue de ces balances, de ces récipients, ces flacons de toutes les couleurs qui leur rendaient la santé, mais le grand-père était mort et ils n'étaient jamais plus allés à l'Hospice. L'enfant avait longtemps rêvé d'y retourner quand il serait grand, mais une année, la Tundza avait brusquement débordé, les malades avaient été évacués, les eaux boueuses de la rivière avaient envahi les salles ; elles avaient mis bien du temps à se retirer, et même après leur retrait, le splendide bâtiment était demeuré durant des années incrusté d'une horrible fange que l'on ne parvenait pas à nettoyer.

Quand le récit du Maître eut pris fin, nous nous sentions plus proches l'un de l'autre. Lui s'était levé. Du coin de l'œil, je suivais sa silhouette qui allait et venait dans la pièce. Il s'empara de la lampe jusque-là posée sur la table et passa derrière moi. Je ne pouvais plus voir son ombre. J'avais envie de me tourner vers lui, mais je n'osais le faire, comme si je pressentais quelque danger. Au bout d'un moment, j'entendis un froissement de vêtements et je me retournai avec crainte. Le torse nu, il s'était planté devant le miroir, et examinait attentivement sa poitrine et son ventre à la lueur de la lampe. « Seigneur, quel genre d'abcès ai-je là ? » dit-il. Je gardai le silence. « Viens donc voir ce que c'est... » Je ne bougeais toujours pas. Il se mit à crier : « Je te dis de venir ! » Je m'approchai de lui, avec la terreur de l'écolier qui se prépare à subir son châtiment.

Je ne m'étais jamais trouvé aussi près de son corps et cette proximité me déplut. Je tentais de me persuader que c'était là le seul sentiment qui m'empêchait de lui obéir, mais je savais bien que j'avais peur de la pustule, et il le comprit. Pourtant, pour l'empêcher de deviner mes craintes, je tendis le doigt, les yeux fixés sur l'inflammation, et je marmottai je ne sais quoi, avec des manières de médecin. « Tu as peur, n'est-ce pas ? » me dit le Maître au bout d'un moment. Afin de lui prouver le contraire, je m'approchai davantage. « Tu as peur qu'il s'agisse d'un bubon de la peste. » Je fis mine de ne pas l'avoir entendu. Je me préparais à affirmer qu'il s'agissait d'une morsure d'insecte : oui, un drôle d'insecte m'avait piqué, moi aussi, un insecte dont je n'arrivais plus à me rappeler le nom. « Touche-le donc ! me dit-il. Comment peux-tu comprendre de quoi il s'agit si tu ne le touches pas ? »

Quand il vit que j'en étais incapable, il recouvra sa bonne humeur. Il passa ses doigts sur l'enflure, puis les tendit vers mon visage. Me voyant sursauter de dégoût, il s'esclaffa et se moqua de moi parce que j'avais peur d'une vulgaire piqûre d'insecte. Mais sa gaieté ne dura guère. « J'ai peur de la mort », laissa-t-il brusquement échapper. Il avait l'air plus furieux que honteux ; à croire qu'il parlait de tout autre chose ; sa colère était celle de l'homme qui s'estime victime d'une injustice. « N'as-tu pas de ces pustules, toi aussi ? En es-tu sûr ? me cria-t-il. Déshabille-toi ! » Il insista tellement que je dus ôter ma chemise, de mauvaise grâce, tel un enfant qui rechigne à se laisser laver. Il faisait chaud dans la pièce, et la fenêtre était fermée, mais un courant d'air souffla soudain je ne sais d'où ; c'était peut-être le froid du miroir qui me faisait frissonner, je ne sais pas. Je reculai d'un pas et m'écartai du miroir, comme si j'avais honte de ma propre image. À présent, j'y voyais de profil le visage du Maître qui rapprochait sa tête de mon corps. Cette grosse tête, qui ressemblait à la mienne, au dire de tous, se penchait sur mon torse. C'est pour empoisonner mon âme, me dis-je soudain ; alors que moi, j'ai tout fait pour l'aider, j'étais fier de lui enseigner la science et la vie. L'idée était absurde, mais un bref instant, je me dis que cette tête barbue, de plus en plus terrifiante à la lueur de la lampe, se préparait à me sucer mon sang ! De toute évidence, j'avais trop goûté les histoires de vampires que j'avais entendues dans mon enfance. Alors que ces idées me traversaient l'esprit, je sentis le contact de ses doigts sur mon ventre ; j'avais envie de prendre la fuite ou de lui lancer quelque chose à la tête. « Tu n'as rien, toi », me dit-il. Il passa derrière moi, examina mon cou, mes aisselles, mes oreilles. « Tu n'as rien. Tu n'as pas été piqué par l'insecte, toi. »

La main sur mon épaule, il se planta à côté de moi. À croire que j'étais pour lui un ami d'enfance à qui il parlait de ses ennuis. Puis il me serra la nuque de ses doigts et m'entraîna vers le miroir. « Viens, regardons-nous ensemble », dit-il. Je tournai les yeux vers le miroir et, à la lueur de la lampe, je pus constater une fois de plus à quel point nous nous ressemblions. J'avais été pris de ce même sentiment, je m'en souvenais bien, la première fois que je l'avais vu dans l'antichambre de Sadik Pacha. Ce jour-là, j'avais vu l'homme qu'il me fallait devenir : à présent, je me disais que lui était devenu un homme comme moi. Nous ne faisions donc qu'un ! Et cela me semblait une vérité évidente ! J'avais l'impression d'être paralysé, figé sur place. Je fis un geste, comme pour me délivrer de cet envoûtement, comme pour vérifier que j'étais bien moi-même : je me passai la main dans les cheveux. Lui fit le même geste, avec beaucoup d'adresse, au surplus, sans rompre la symétrie de l'image dans le miroir. Il copiait mon regard, mon port de tête, il mimait ma terreur, que je voulais tant éviter de voir dans le miroir, mais dont je n'arrivais pas à détacher les yeux, poussé que j'étais par la curiosité que m'inspirait la peur ; il devint très gai, comme un gamin qui taquine son ami en imitant ses paroles et ses gestes. Puis il se mit à crier : nous devions mourir ensemble ! Quelles sottises, me disais-je, mais j'avais très peur. Ce fut là la plus horrible des nuits que je passai en sa compagnie.

Il m'affirma qu'il avait toujours eu peur de la peste ; ce qu'il faisait, c'était pour me mettre à l'épreuve, tout comme les bourreaux de Sadik Pacha avaient fait semblant de procéder à mon exécution ; tout comme il guettait mon attitude quand les gens découvraient notre ressemblance ! Il me déclara qu'il s'était emparé de mon âme ; il avait imité chacun de mes gestes dans le miroir, désormais il devinait toutes mes pensées, et il pouvait penser à tout ce que je savais ! Il me demanda ensuite ce que je pensais à l'instant même ; or, c'était lui qui occupait mon esprit tout entier ; je lui répliquai que je ne pensais à rien, mais il ne m'écoutait même pas, car il ne parlait que pour me faire peur, et non pour connaître ma réponse, il jouait avec sa propre peur pour me la faire partager. Je devinais que plus il ressentait sa solitude, plus il avait envie de me faire du mal ; quand il promenait ses doigts sur nos visages, quand il cherchait à me terrifier, à m'envoûter avec cette étrange ressemblance, quand il se laissait prendre bien plus que moi à l'émotion, je me répétais qu'il ne cherchait qu'à me faire du mal. Mais je me disais aussi qu'il me forçait à demeurer planté devant le miroir en me retenant par la nuque, parce que son cœur ne se résignait pas à me faire du mal. Et je ne le trouvais pas entièrement stupide ou désespéré : il avait raison, moi aussi je voulais dire et faire ce qu'il disait et faisait, j'étais jaloux de lui parce qu'il avait su agir avant moi, parce qu'il pouvait jouer avec l'idée de la peur et de la peste dans le miroir.

Mais j'avais beau avoir peur, j'avais beau me dire que j'avais découvert en moi des choses auxquelles je n'avais jamais pensé jusque-là, je n'arrivais pas à me débarrasser du sentiment qu'il ne s'agissait là que d'un jeu. Ses doigts se relâchèrent sur ma nuque, mais je ne m'éloignai pas du miroir. « Je suis devenu comme toi, dit ensuite le Maître. Je sais à présent comment tu as peur. Je suis devenu toi ! » Je compris ce qu'il entendait par là, mais je me forçai à trouver stupide et puérile cette déclaration dont, je n'en doute pas, une partie au moins s'est réalisée aujourd'hui. Lui affirma qu'il pouvait désormais poser sur l'univers le même regard que moi ; il avait fini par comprendre comment ils pensaient, « eux » — à nouveau, il utilisait ce mot : eux —, ce qu'ils ressentaient. Détachant son regard du miroir, il continuait à parler en regardant à tour de rôle la table, les verres, les chaises, les objets que la lumière de la lampe n'éclairait qu'à moitié. Il répétait qu'il pouvait dire désormais des choses qu'il n'avait jamais dites jusque-là, parce qu'il n'avait jamais pu les discerner, et moi, je me disais qu'il se trompait : les mots étaient toujours les mêmes, les objets aussi. Le seul élément nouveau, c'était sa peur; même pas : sa manière de vivre la peur. Mais il me semblait que là encore cette attitude — que je suis incapable même aujourd'hui de définir clairement — n'était qu'une pose qu'il prenait devant le miroir, un nouveau jeu. Et en dépit de sa volonté, il oubliait cette pose et ce jeu, il n'avait en tête que cette pustule rouge, il se demandait s'il s'agissait là de la peste ou d'une piqûre d'insecte.

À un moment, il m'expliqua qu'il allait tout reprendre à partir du point où je m'étais arrêté. Nous étions toujours à demi nus et nous ne nous étions pas encore éloignés du miroir. Lui allait prendre ma place, et moi la sienne. Il suffirait pour cela d'échanger nos vêtements; je laisserais pousser ma barbe et lui raserait la sienne. Cette idée rendit encore plus effrayante notre ressemblance dans le miroir; mes nerfs se tendirent en l'écoutant; alors, disait-il, ce serait moi qui l'affranchirais! Il me décrivait avec volupté ce qu'il ferait quand, se faisant passer pour moi, il se rendrait à ma place dans mon pays. Je fus stupéfait de constater comment il avait gardé en mémoire, et dans les moindres détails, tout ce que je lui avais raconté sur mon enfance et ma jeunesse; comment il avait su se créer un pays bien à lui, irréel, étrange, fantastique. Ma propre vie échappait à mon contrôle, il m'entraînait là où il voulait, à son gré, et je ne pouvais plus que contempler de loin, comme en rêve, tout ce que j'avais vécu. Et cependant, l'idée qu'il comptait se rendre chez moi, à ma place, la vie qu'il espérait y mener me paraissaient d'un comique si étrange, si naïf, que cela m'empêchait de croire à tout ce qu'il me débitait. Pourtant, la logique dans les détails qu'il imaginait me surprenait. J'avais envie de lui dire que tout cela était plausible, que j'aurais pu vivre la vie qu'il me décrivait. Je compris alors que je distinguais pour la première fois un aspect plus profond de la vie du Maître, mais j'étais incapable de dire de quoi il s'agissait. Je ne pouvais qu'écouter avec stupeur ce que j'avais vécu dans mon univers d'autrefois, dont je me languissais si fort et depuis tant d'années ; et j'oubliai ainsi la peur de la peste.

Mais ce sentiment ne dura guère. À présent, le Maître me demandait de lui raconter ce que je ferais quand j'aurais pris sa place. À bout de nerfs à force de demeurer planté devant ce miroir, en cette posture bizarre, tout en m'efforçant de me persuader que nous ne nous ressemblions pas et que l'enflure n'était qu'une piqûre d'insecte, il ne me venait rien à l'esprit. Le Maître insistait. Je me souvins alors d'avoir autrefois fait le projet d'écrire mes Mémoires à mon retour au pays. Quand je lui dis qu'un jour peut-être, je raconterais mes aventures sous la forme d'une belle histoire, il me regarda avec dédain : je ne le connaissais pas, lui, comme il me connaissait, moi ! Il me repoussa et se planta, seul, devant le miroir : quand il aurait pris ma place, lui pourrait raconter tout ce qui m'était arrivé ! D'ailleurs, cette rougeur était bien un bubon de la peste et j'allais mourir ; il me décrivit les affres de mon agonie, la peur qui s'emparerait de moi, une peur à laquelle je n'étais pas préparé parce que je ne l'avais jamais prévue, disait-il. Alors qu'il m'imaginait me débattant contre les souffrances de la maladie, le Maître s'était écarté du miroir, et quand je me tournai vers lui au bout d'un moment, je le vis étendu sur son lit étalé en désordre sur le plancher, il mimait de façon très réaliste les souffrances dont il parlait. Il m'appela, je m'approchai de lui avec crainte, et je le regrettai aussitôt : il tentait à nouveau de me toucher de ses doigts. Je ne sais pourquoi, je m'étais persuadé soudain qu'il s'agissait tout simplement d'une morsure d'insecte, et pourtant, je continuais à avoir peur.

La nuit se passa ainsi. Tout en tentant de me transmettre la maladie et la peur de la maladie, il me répétait sans cesse que j'étais lui et qu'il était moi. Il réussit à se contempler de l'extérieur, me disais-je, et il se plaît au spectacle qu'il offre ; et comme le dormeur qui veut échapper à un rêve, je me répétais : ce n'est qu'un jeu, ce n'est qu'un jeu, d'ailleurs n'utilisait-il pas lui-même le mot ? Mais il était couvert de sueur, non comme quelqu'un qui se sent étouffer dans une pièce trop chaude, mais comme un malade qui souffre de tout son corps.

Au lever du soleil, il parlait encore des étoiles et de la mort, de ses prédictions mensongères, de la sottise du Sultan et de son ingratitude, de nos idées « à nous » et de celles des « autres », il m'expliquait son désir de devenir « un autre », mais je ne l'écoutais plus. Je sortis dans le jardin. Je ne sais pourquoi, des réflexions sur l'immortalité lues autrefois dans un vieux bouquin me revenaient à l'esprit. Dehors, rien ne bougeait, sauf les moineaux qui piaillaient en sautillant à toute vitesse d'une branche à l'autre des tilleuls ; le calme était surprenant. Je pensais à d'autres maisons, à Istanbul, où agonisaient des pestiférés. Si le Maître est vraiment malade, me dis-je, il poursuivra cette comédie jusqu'à la mort. Sinon, il le fera jusqu'au moment où disparaîtra cette enflure rougeâtre. Je comprenais que je ne pouvais plus vivre à ses côtés. Mais où pouvais-je aller, où me cacher, je n'en avais pas la moindre idée. Cependant, quand je rentrai dans la maison, je n'avais qu'un but en tête : découvrir un endroit où je pourrais échapper au Maître et à la peste. Tout en fourrant quelques affaires dans un sac, je me disais que ce refuge devait être assez proche pour que je ne sois pas rattrapé par la peste avant de l'atteindre.

VII

J'avais pu mettre de côté un peu d'argent grâce à de petits travaux ou en chipant quelques pièces au Maître. Avant de quitter la maison, je sortis mon pécule du coffre contenant les livres que le Maître ne lisait plus, et où je l'avais caché, fourré dans une chaussette. Poussé par la curiosité, j'entrai dans la chambre du Maître : la lampe y était encore allumée ; il avait fini par s'endormir, couvert de sueur. Je fus surpris par la petite taille du miroir, qui m'avait tellement effrayé tout au long de la nuit, en me confirmant cette ressemblance diabolique à laquelle je n'avais jamais vraiment cru. Je quittai précipitamment la maison, en prenant soin de ne toucher à rien. Un vent léger soufflait, alors que j'avançais dans les rues désertes du quartier. Je n'avais qu'une idée en tête : me laver les mains. Je goûtais le plaisir de marcher dans le silence de l'aube, de dévaler les sentiers qui menaient à la mer, et surtout de me laver les mains à toutes les fontaines sur ma route, tout en contemplant la Corne d'Or.

J'avais entendu parler de l'île de Heybéli par un jeune moine du Monastère de passage à Istanbul. Quand nous nous étions rencontrés à Galata, il m'avait décrit la beauté des Îles avec un enthousiasme qui m'avait sans doute frappé, puisque dès l'instant où j'avais quitté notre quartier, je savais que j'allais m'y rendre. Les pêcheurs et les bateliers à qui je m'adressai me réclamèrent, pour m'y mener, des sommes exorbitantes. Ce qui m'ennuya fort : ils avaient sans doute deviné que j'étais en fuite et ils révéleraient sûrement ma destination aux hommes que le Maître ne manquerait pas d'envoyer à mes trousses. Plus tard, je me dis qu'ils voulaient ainsi donner une leçon aux Chrétiens qu'ils méprisaient pour leur terreur de la peste. Pour éviter de trop attirer l'attention, je m'entendis avec le batelier suivant. Ce n'était pas un homme très robuste et, au lieu de peser sur les rames, il avait plutôt tendance à bavarder. Il m'expliqua quels étaient les péchés dont la peste était le châtiment et il ajouta qu'il ne servait à rien de chercher refuge dans les Îles pour échapper à la maladie. Je devinai en l'écoutant qu'il avait aussi peur que moi. Le voyage dura six heures.

Les jours que je vécus sur l'île furent heureux, mais je ne me le dis que bien plus tard. Je logeais pour un loyer très modeste chez un pêcheur grec, qui n'avait aucune famille. Je prenais garde à ne pas éveiller l'attention; et je vivais dans l'inquiétude. Tantôt je me disais que le Maître était sans doute mort; tantôt je pensais aux sbires qu'il lancerait à ma poursuite. Il y avait dans l'île beaucoup de Chrétiens qui avaient fui la peste, mais je ne désirais pas qu'ils me remarquent.

Tôt le matin, nous prenions le large, le pêcheur et moi, et nous ne rentrions que vers le soir. Les premiers temps, je pris goût à pêcher au harpon la langouste et le crabe. Quand il faisait trop mauvais pour aller à la pêche, je faisais à pied le tour de l'île, j'entrais dans le clos du monastère et il m'arrivait de m'endormir d'un doux sommeil à l'ombre des vignes. Il y avait une tonnelle adossée à un grand figuier; de là, par temps clair, on pouvait même apercevoir Sainte-Sophie; je m'installais au pied de la tonnelle et je rêvassais des heures durant en contemplant Istanbul. Je vis une fois le Maître en rêve : il était entouré des dauphins qui avaient accompagné notre barque dans notre voyage jusqu'à l'île. Le Maître avait lié amitié avec eux, il leur demandait s'ils m'avaient vu; cela signifiait sans doute qu'il était à ma recherche. Dans un autre rêve, ma mère était avec lui, ils me faisaient des reproches et me demandaient pourquoi j'avais tant tardé. À mon réveil, le visage en sueur sous le soleil, je ne voulais qu'une chose : me replonger dans ces rêves. Et comme je n'y arrivais pas, je me laissais aller à la rêverie. Parfois, j'imaginais le Maître mort, son cadavre dans la maison vide que j'avais abandonnée ; on découvrait le mort ; je me figurais son enterrement silencieux, qui n'était suivi par personne. Je me remémorais ses prédictions, aussi bien celles qu'il imaginait avec bonne humeur que celles qu'il improvisait avec rage et haine ; je pensais au Sultan et aux bêtes de ses jardins. Les langoustes et les crabes que je transperçais de mon harpon accompagnaient des lents mouvements de leurs pinces ces rêves que je faisais en plein jour.

Jour après jour, je m'efforçais à me persuader que je parviendrais à fuir pour rentrer dans mon pays. Il me suffirait de voler l'argent nécessaire dans les maisons de l'île, aux portes et aux fenêtres toujours ouvertes. Mais il me fallait tout d'abord oublier le Maître. Car je me laissais prendre peu à peu à l'envoûtement de mes aventures, aux maléfices de la mémoire. J'étais sur le point de m'accuser d'avoir abandonné à la mort un être qui me ressemblait tant. À vrai dire, il me manquait terriblement, tout comme il me manque aujourd'hui. Je me demandais si nous nous ressemblions vraiment comme dans mes souvenirs, ou si ce n'était qu'une illusion. J'en arrivais à me dire qu'au cours de ces onze années, je n'avais pas observé son visage, pas un seul jour. Alors que je l'avais fait si souvent. Je pensais même à rentrer sur-le-champ à Istanbul pour revoir une dernière fois son cadavre. Je pris ma décision : pour me libérer, je devais m'en persuader, cette ressemblance n'était qu'une illusion de ma mémoire, une erreur désagréable qu'il me fallait oublier au plus tôt. Je devais m'accoutumer à cette réalité.

Heureusement que je n'en trouvai pas le temps ! Car un jour, je vis le Maître se planter devant moi ! Je rêvassais, allongé dans le jardinet derrière la maison du pêcheur, les yeux clos pour éviter l'éclat du soleil. Soudain, je sentis son ombre, il se dressait devant moi en souriant, mais ce n'était pas là le sourire de celui qui a remporté la partie ; non, il semblait le faire avec affection, comme s'il m'aimait. Je ressentis, moi, une extraordinaire assurance, au point de m'en effrayer moi-même. C'était peut-être ce que j'attendais, sans me l'avouer, car je m'enfonçai aussitôt dans le sentiment de culpabilité de l'esclave paresseux, du valet à l'échine trop souple. Alors que je rassemblais mes hardes, au lieu d'éprouver de la haine pour le Maître, je ne ressentais que du mépris pour moi-même. Ce fut le Maître qui paya son dû au pêcheur. Il était accompagné de deux hommes, dans une barque à deux paires de rames, et notre retour fut rapide. Nous atteignîmes la maison avant la tombée du soir. J'en retrouvai l'odeur avec plaisir. Le miroir avait été décroché du mur.

Le lendemain matin, le Maître s'installa en face de moi et me tança sévèrement : ma faute était extrêmement grave ; il avait bien envie de m'infliger le châtiment que j'avais mérité, non seulement parce que je m'étais enfui, mais surtout parce que je l'avais sciemment abandonné sur son lit de mort, prenant pour un bubon de peste une simple piqûre d'insecte. Mais ce n'était pas le moment de penser aux châtiments. Il s'expliqua : huit jours plus tôt, le Sultan avait fini par convoquer le Maître ; il lui avait demandé combien de temps durerait la peste, combien de morts elle causerait encore et si sa propre vie était en danger. Pris de panique parce qu'il ne s'attendait pas à ces questions, le Maître s'était contenté de réponses évasives : il lui fallait observer les astres, il avait prié le souverain de lui accorder un délai. Il était rentré chez lui affolé, en se demandant comment il pouvait utiliser à son avantage la curiosité du Sultan. Voilà pourquoi il s'était décidé à me ramener à la maison.

Il savait depuis longtemps que je me trouvais dans l'île. Pris d'un refroidissement après ma fuite, malade, il ne s'était lancé à ma recherche que trois jours plus tard ; il avait retrouvé ma trace grâce aux bateliers, il lui avait suffi de dénouer les cordons de sa bourse pour que ce batelier si bavard lui avoue m'avoir mené à l'île de Heybéli. Sachant bien que je ne pouvais fuir plus loin que les Îles, le Maître ne s'était pas pressé de m'y suivre. Quand il m'expliqua que les relations qu'il venait de nouer avec le Sultan étaient l'occasion la plus importante de sa vie, je lui donnai raison. Il m'avoua franchement qu'il avait besoin de mes connaissances.

Nous nous mîmes aussitôt au travail. Le Maître respirait la fermeté de l'homme qui sait ce qu'il veut. J'étais heureux de voir chez lui une détermination que je n'avais guère pu observer jusque-là. Sachant qu'il serait convoqué dès le lendemain au Sérail, nous décidâmes de gagner du temps. Nous nous mîmes d'accord : nous ne devions pas fournir trop d'informations, en revanche, il nous fallait prouver aussitôt la vérité de ce que nous avancions. Le jugement du Maître — que j'appréciais fort — l'avait conduit à cette opinion : « La prédiction n'est qu'une bouffonnerie, mais elle peut très bien s'utiliser pour influencer les idiots. » Quand il écoutait mes explications, le Maître semblait prêt à admettre que la peste était un fléau que seules des mesures sanitaires pouvaient faire reculer. Tout comme moi, il ne niait pas le lien entre la volonté divine et la maladie, mais il ne s'agissait là que d'une relation indirecte. Voilà pourquoi nous autres mortels devions retrousser nos manches et tenter de lutter contre cette calamité, ce qui ne constituerait pas une offense à l'amour-propre du Tout-Puissant ! Le calife Omar lui-même n'avait-il pas, pour protéger ses armées de la peste, rappelé de Syrie à Médine son général Ebu-Ubeyda ? Pour sauvegarder la santé du Sultan, le Maître allait donc lui demander de réduire au maximum ses contacts avec son entourage. Afin de persuader le souverain de prendre ces mesures, nous avions bien pensé à éveiller dans son cœur la peur de la mort. Mais cela pouvait se révéler dangereux : le Sultan ne se retrouvait jamais assez seul pour qu'on puisse l'effrayer par une description — fût-elle poétique — de la mort. À supposer qu'il soit impressionné par les longs discours du Maître, il était entouré d'une foule d'imbéciles à qui il pourrait parler de sa peur et qui l'aideraient à la vaincre. D'autre part, ces idiots sans scrupules pouvaient toujours accuser le Maître d'impiété. Si bien que nous inventâmes une histoire que m'inspirèrent mes connaissances littéraires.

Le matin suivant, le Maître se rendit au Sérail, et moi, je me lançai dans la ville et la peste. J'avais toujours aussi peur de la maladie, mais le mouvement intense de la vie autour de moi et le désir de jouer un petit rôle dans le monde me faisaient sans doute perdre l'entendement. C'était une belle journée, la brise qui soufflait était fraîche ; alors que j'errais dans la ville entre les morts et les agonisants, je me dis que, depuis des années, je n'avais jamais su autant aimer la vie. J'entrais dans les cours des mosquées, relevais le nombre de cercueils, puis je parcourais les quartiers en m'efforçant d'établir un rapport entre le spectacle qui s'offrait à mes yeux et le nombre de morts. Il n'était pas aisé d'attribuer une signification à tout ce que je voyais : ces maisons, ces hommes, ces foules, et la tristesse ou les joies. De plus, comme pris d'une étrange gloutonnerie, mes yeux s'attachaient surtout aux détails, à la vie des autres, au bonheur ou au désarroi, ou encore à l'indifférence de ces gens qui vivaient dans leurs foyers, dans leur intimité et leur fraternité.

Un peu avant midi, étourdi par la foule et par les morts, je traversai la Corne d'Or pour me rendre à Galata ; je fis le tour des cafés d'ouvriers autour de l'Arsenal, j'y fumai timidement le narguilé ; je déjeunai dans une gargote ; toujours poussé par le besoin de comprendre, je pénétrai dans des boutiques ; je parcourus des marchés. Je voulais tout graver dans mon esprit, dans les moindres détails, afin de parvenir à une conclusion. Le soir tomba ; je retournai épuisé à la maison, et j'écoutai le Maître, qui venait de rentrer du Sérail.

Les choses s'y étaient très bien passées. L'histoire que nous avions imaginée avait profondément touché le Sultan ! Il avait bien compris que pour mieux abuser l'homme, la peste se dissimulait sous une forme humaine, comme le fait le diable, et il avait décidé d'interdire à tous les étrangers l'accès au Palais ; les entrées et les sorties devaient être sévèrement contrôlées. On avait demandé au Maître quand et comment prendrait fin l'épidémie ; il avait répondu avec une belle éloquence. Pris de peur, le Sultan avait déclaré qu'il croyait voir l'Ange de la Mort errant tel un ivrogne dans la ville, choisissant sa victime et l'entraînant sur-le-champ. Inquiet, le Maître s'était empressé de corriger cette vision : ce n'était pas Azraël, mais Satan qui emportait ses victimes dans la mort ; de plus, Satan n'était pas un ivrogne ; au contraire, il était plein de ruse. Conformément au plan que nous avions dressé, le Maître avait insisté sur la nécessité de combattre Satan ; pour ce qui était de prévoir le moment où la peste laisserait la ville en paix, il fallait observer tous les mouvements de la maladie. Dans la suite du Sultan, certains avaient protesté et affirmé que se battre contre la peste signifiait se rebeller contre la volonté de Dieu, mais le Sultan ne leur avait pas prêté l'oreille. Puis il avait ramené la conversation sur ses bêtes. Ensuite, il avait posé la question au Maître : le démon de la peste pouvait-il s'en prendre à ses faucons, ses lions et ses singes ? Le Maître lui avait expliqué aussitôt que le diable s'en prenait aux hommes sous la forme d'un homme, et aux animaux sous la forme d'un rat. Sur quoi, le Sultan avait ordonné de faire amener cinq cents chats d'une ville lointaine, épargnée par la peste, et de fournir au Maître autant d'hommes qu'il le désirait pour l'aider dans ses recherches.

Nous envoyâmes aussitôt les douze hommes mis à notre disposition aux quatre coins d'Istanbul ; ils devaient parcourir chaque quartier et nous communiquer toutes leurs observations, ainsi que le nombre de morts. Nous avions étalé sur notre table le plan d'Istanbul assez grossier que j'avais tracé, en le corrigeant de mon mieux à partir de cartes découvertes dans nos livres. La nuit venue, nous y soulignions avec crainte, mais aussi avec un grand plaisir, les lieux que parcourait la peste, puis nous réfléchissions sur ce que nous devions en dire au Sultan.

Au début, nous n'étions guère optimistes : la peste allait et venait dans la ville, non comme un démon plein de ruse, mais comme un vagabond qui erre au hasard. Un jour, elle emportait quarante âmes à Aksaray, puis abandonnait ce quartier pour frapper dès le lendemain celui de Fatih, et soudain, on apprenait qu'elle était passée sur l'autre rive, pour rôder dans Top-Hané ou dans Djihanguir. Mais, dès le lendemain, nous constations qu'elle ne s'y était pas attardée et qu'elle était allée à Zeyrek, puis qu'elle avait pénétré dans notre quartier, qui donnait sur la Corne d'Or, pour y tuer vingt personnes. Nous ne parvenions pas non plus à tirer de conclusions des chiffres de la mortalité : cinq cents personnes mouraient un jour, cent le lendemain. Quand nous comprîmes enfin qu'il fallait établir non pas les lieux où la peste avait fait périr ses victimes, mais l'endroit où ses miasmes les avaient touchées, nous avions perdu beaucoup de temps. Le Sultan avait de nouveau convoqué le Maître. Nous réfléchîmes longuement : le Maître devait expliquer au souverain que la peste se promenait dans les marchés où flânaient les badauds ; dans les foires où les gens se pigeonnaient ; dans les cafés où ils caquetaient nez à nez. Le Maître se rendit au Sérail ; il n'en revint que le soir.

Après l'avoir écouté : « Que devons-nous faire ? » lui avait demandé le souverain. Le Maître lui avait conseillé d'user de la bastonnade pour réduire les allées et venues sur les marchés, ainsi que les entrées et les sorties dans la ville. Les cuistres de l'entourage du Sultan avaient aussitôt protesté : comment se ferait l'approvisionnement de la ville ? Si les affaires s'arrêtaient, la vie ne s'arrêterait-elle pas aussi ? En apprenant que la peste, déguisée en humain, errait dans la ville, les gens seraient pris de terreur, ils croiraient toute proche la fin du monde et ils se déchaîneraient ; et puis, personne ne consentirait à demeurer prisonnier dans un quartier fréquenté par le démon de la peste ; une rébellion pouvait éclater à tout instant. « Ils n'avaient pas tort », commenta le Maître. Un de ces imbéciles ayant alors demandé comment on allait trouver assez d'hommes pour imposer à la population des mesures aussi sévères, le Sultan s'était fâché : il les avait terrifiés en déclarant qu'il saurait châtier quiconque douterait de son autorité. Sous l'effet de cette colère, il avait ordonné l'application immédiate des mesures proposées par le Maître ; il n'avait cependant pas manqué de demander l'avis de son entourage. Le Premier Astrologue de la cour, Sitki Éfendi, qui avait une dent contre le Maître, avait alors rappelé que ce dernier n'avait toujours pas prévu la date à laquelle la peste s'éloignerait d'Istanbul. Craignant de voir le Sultan se ranger du côté de son astrologue, le Maître avait promis d'apporter un calendrier à sa prochaine visite.

Sur la table, nous avions gribouillé le plan de chiffres et de signes ; mais nous ne parvenions toujours pas à en déduire la logique suivie par la peste dans son errance dans la ville. Entretemps, l'édit impérial fut publié, et appliqué durant plus de trois jours. Les Janissaires, qui barraient l'accès aux marchés, aux voies principales, aux embarcadères, interpellaient et interrogeaient chaque passant : « Qui es-tu ? Où vas-tu ? D'où viens-tu ? », renvoyant chez eux les voyageurs surpris et craintifs, et même les flâneurs, pour leur éviter d'être dupés par la peste. Quand nous apprîmes que l'activité s'était ralentie au Grand Bazar ou au Marché aux Céréales, nous avions déjà noté tous les chiffres de mortalité relevés depuis un mois sur des feuilles de papier que nous accrochions aux murs pour mieux les étudier. Mais à en croire le Maître, c'était en vain que nous cherchions une logique dans les mouvements de la peste ; et si nous voulions sauver nos têtes, il s'agissait à présent d'inventer n'importe quoi pour faire patienter le souverain.

C'est à cette époque que fut adopté l'usage du sauf-conduit. L'Agha des Janissaires, apprit-on, accordait des laissez-passer à tous ceux dont il estimait nécessaire l'activité pour faire marcher le commerce et assurer l'approvisionnement de la ville. Quand nous apprîmes qu'il en retirait beaucoup d'argent et que les petits boutiquiers, qui refusaient de se laisser rançonner, se préparaient à susciter un mouvement de rébellion, je commençais à peine à déceler une logique dans les chiffres de la mortalité. J'en parlai au Maître qui me racontait la conspiration fomentée par le Grand Vizir Köprülü, qui soutenait, lui, les petits commerçants, et je m'efforçai de le convaincre du lent recul de la peste dans les quartiers les plus pauvres et les faubourgs les plus reculés.

Il ne parut guère impressionné par mes explications, mais il m'abandonna le soin d'établir le calendrier. Pour distraire le Sultan et gagner du temps, il était en train d'écrire une histoire dépourvue de toute signification et dont personne ne pourrait tirer de conclusion. Un autre jour, il me posa la question : pouvait-on écrire une histoire pour le seul plaisir de la lire ou de l'écouter, sans qu'elle comporte de morale ou de conclusion particulière ? « Comme la musique ? » dis-je aussitôt, et il ne sut que répondre. Nous parvînmes à la conclusion que, dans une bonne histoire, le début devait être enfantin comme un conte de fées, la suite effrayante comme un cauchemar, avec une fin mélancolique comme une histoire d'amour malheureux, se terminant par la séparation des amants. La veille du jour où il devait se rendre au Sérail, nous poursuivions nos travaux en toute hâte, en bavardant avec bonne humeur. Dans la pièce à côté, notre ami, le calligraphe gaucher, recopiait le début de l'histoire que le Maître n'avait toujours pas terminée. Vers le matin, à l'aide des chiffres dont nous disposions et à partir des équations que je m'évertuais à poser depuis des jours, j'étais parvenu au résultat suivant : la peste allait faire ses dernières victimes dans les marchés, elle quitterait la ville dans une vingtaine de jours. Le Maître ne me demanda pas sur quoi se fondaient ces résultats, il se contenta de déclarer que le jour du salut était encore trop lointain ; il me demanda de réviser le calendrier sur une période de quinze jours et de dissimuler la durée sous d'autres chiffres. Je n'étais pas aussi optimiste que lui, mais je lui obéis. Le Maître composa sur-le-champ de petits poèmes sur certaines des dates du calendrier, les confia au calligraphe qui était sur le point de terminer son travail, et il me demanda d'en illustrer certains. Il quitta en toute hâte la maison un peu avant midi, avec son traité qu'il avait fait relier d'une belle couverture d'un bleu jaspé ; il était morne, préoccupé, il avait peur. Il me déclara qu'il se fiait moins à mon calendrier qu'aux taureaux ailés, aux pélicans, aux fourmis rouges et aux singes doués de la parole qu'il avait fourrés pêle-mêle dans son histoire.

Il était très agité à son retour le soir. Cette exaltation dura les trois semaines qu'il lui fallut pour prouver au Sultan la justesse de ses prédictions. Au début, « tout est possible ! » répétait-il. Le premier jour, il n'avait aucun espoir. Certains courtisans, dans l'entourage du Sultan, avaient même ri ostensiblement en écoutant les histoires du Maître, lues par un jouvenceau doté d'une belle voix. Sans aucun doute, ces gens-là s'étaient forcés à rire pour humilier le Maître et lui faire perdre les faveurs du souverain. Mais le Sultan les avait réprimandés et leur avait ordonné de se taire. Il avait demandé au Maître sur quels signes il se fondait pour prédire la fin de l'épidémie dans un délai de deux semaines. Le Maître lui avait répondu que toutes ces explications étaient fournies dans cette histoire que personne n'avait pu comprendre. Puis, pour se faire valoir aux yeux du Sultan, il avait témoigné beaucoup d'intérêt aux chats de toutes les couleurs qui avaient été amenés par bateaux entiers de Trébizonde et qui grouillaient non seulement dans les cours, mais aussi dans les salles du palais.

Au retour de sa visite suivante, il me raconta que le Sérail était divisé en deux camps : certains — avec à leur tête le Premier Astrologue, Sitki Éfendi — réclamaient la levée de toutes les mesures ; les autres soutenaient le Maître : « Pour mieux étouffer le démon de la peste il ne faut accorder aucun répit à la ville ! » disaient-ils. Quant à moi, je voyais les chiffres de la mortalité baisser de jour en jour et je reprenais espoir ; mais le Maître était toujours aussi anxieux : on disait que le groupe des mécontents s'était entendu avec Köprülü pour organiser une rébellion : leur but n'était pas d'empêcher les progrès de la peste, mais de se débarrasser de leurs ennemis...

À la fin de la première semaine, la chute dans le chiffre des décès était évidente. Mais mes calculs indiquaient que l'épidémie ne disparaîtrait pas dans une huitaine. Je reprochai au Maître d'avoir modifié mon calendrier, mais lui s'était laissé prendre à cet espoir ; tout excité, il m'expliqua que les rumeurs qui couraient sur le Grand Vizir étaient sans fondement. Du coup, les partisans du Maître avaient lancé le bruit que Köprülü était de leur côté. Quant au Sultan, effrayé et lassé par ces intrigues, il préférait chercher la paix de l'âme en compagnie de ses chats.

La seconde semaine touchait à sa fin ; la ville était plus asphyxiée par les mesures préventives que par la peste ; les gens mouraient de moins en moins chaque jour, mais seuls le remarquaient ceux qui, comme nous, suivaient de près la situation.

Des rumeurs de disette circulaient. Istanbul ressemblait à une ville abandonnée, terrifiante. Je l'apprenais par le Maître, car je ne sortais plus de notre quartier : derrière tous ces portails et ces volets fermés, on devinait, disait-il, le désarroi des gens qui se battaient contre la peste et qui attendaient désespérément autre chose que la maladie et la mort. Cette attente se ressentait également au Palais. Il suffisait d'une toux trop bruyante, d'une tasse qui se brisait en tombant, pour que tous ces cuistres, qui passaient leur temps à chuchoter en se demandant quelles seraient les décisions du Sultan ce jour-là, soient saisis de terreur ; ils donnaient libre cours à leurs émotions ; comme tous les désespérés, ils attendaient qu'il se passe quelque chose, n'importe quoi, mais quelque chose. Le Maître, lui aussi, se laissait gagner par cette agitation ; il avait tenté d'expliquer au Sultan que la peste perdait peu à peu du terrain et que ses prédictions se confirmaient ; il n'avait cependant pas réussi à attirer l'attention du jeune souverain et il avait dû, une fois de plus, parler d'animaux...

Deux jours plus tard, le Maître avait déduit d'un recensement effectué dans les mosquées que la mortalité avait fortement reculé ; mais ce jour-là — c'était un vendredi —, ce n'était pas ce résultat qui provoquait la joie du Maître : certains boutiquiers, pris de désespoir, s'étaient lancés dans des bagarres avec les Janissaires qui contrôlaient les rues et les routes. D'autres Janissaires, gênés par les restrictions, deux ou trois imams bornés qui prêchaient dans certaines mosquées des quartiers pauvres, des vagabonds et des vauriens toujours prêts au pillage s'étaient joints à eux ; ils affirmaient que la peste ne dépendait que de la volonté divine et que les hommes ne devaient pas s'en mêler. Mais ces incidents, aussitôt réprimés, n'avaient pas pris de proportions inquiétantes. Dès la proclamation d'un *fatva* par le Cheik Ul Islam, vingt personnes avaient été aussitôt exécutées, dans le but peut-être d'attribuer à ces troubles une importance qu'ils n'avaient pas. Le Maître était ravi.

Le soir suivant, il m'annonça sa victoire : au Sérail, personne n'osait plus faire allusion à la levée des mesures. Convoqué au Palais, l'Agha des Janissaires avait parlé de certaines complicités dont les rebelles auraient bénéficié au Sérail ; ce qui avait provoqué la fureur du Sultan. Si bien que le groupe qui avait fait vivre des jours si pénibles au Maître s'était dispersé comme un vol de perdrix. Köprülü, qu'on avait accusé d'être de leur bord, allait prendre des sanctions très sévères contre les rebelles, disait-on. Le Maître, tout content, ajouta qu'il avait su, lui aussi, engager le Sultan dans cette voie. Ceux qui avaient réprimé la rébellion cherchaient à convaincre le Sultan que l'épidémie perdait du terrain ; ce qui était d'ailleurs la vérité. Le Sultan avait adressé au Maître des paroles plus flatteuses qu'il ne l'avait jamais fait ; il l'avait conduit lui-même à la cage construite sur ses instructions pour les singes qu'il avait fait venir d'Afrique. Alors qu'ils observaient ces animaux, dont la saleté et l'odeur emplissaient le Maître de dégoût, le Sultan lui avait demandé si les singes étaient capables d'apprendre à parler comme les perroquets. Puis se tournant vers sa suite, il avait déclaré qu'il souhaitait voir plus souvent le Maître et avait ajouté que son calendrier s'était révélé exact.

Un mois plus tard — c'était un vendredi — le Maître était nommé Premier Astrologue de la cour. Les égards qui lui étaient témoignés dépassaient même ceux qui étaient dus à sa charge : quand, ce jour-là, le Sultan se rendit à la mosquée de Sainte-Sophie pour célébrer la fin de l'épidémie, lors d'une cérémonie à laquelle participa toute la population, le Maître prit place dans le cortège à quelques pas seulement derrière le souverain. Toutes les mesures de sécurité avaient été supprimées. Je me trouvais moi-même dans la foule grouillante venue rendre grâces à Dieu et au Sultan. Lorsque le souverain passa devant nous, dressé sur son beau cheval, les gens hurlèrent de toute leur voix, comme pris d'extase ; il y eut des remous dans la foule, les Janissaires nous repoussèrent, je me retrouvai coincé contre un arbre, et quand, jouant des coudes, je réussis à revenir au premier rang des spectateurs, je pus voir le Maître avancer devant moi, à cinq pas de distance, le visage rayonnant de bonheur. Nos regards se croisèrent. Il détourna aussitôt les yeux, faisant mine de ne pas m'avoir remarqué. Soudain, dans ce tumulte effrayant, je fus saisi d'un enthousiasme stupide ; je me persuadai que le Maître ne m'avait vraiment pas vu ; je criai son nom de toute ma voix. Je voulais qu'il se rende compte de ma présence, qu'il m'arrache à cette foule, afin que je puisse prendre part, moi aussi, au cortège triomphal de ceux qui détenaient le pouvoir et la victoire ! Je ne le désirais pas pour m'approprier une part de cette victoire, ni pour être récompensé de tout ce que j'avais fait, non ; j'étais envahi par un sentiment tout différent : ma place était dans ce cortège parce que j'étais le Maître lui-même. Tout comme dans les cauchemars qui me hantaient si souvent, je me voyais moi-même de l'extérieur, comme si j'étais un autre, et si je pouvais m'observer ainsi, cela signifiait que j'étais un autre. Je ne désirais même plus apprendre l'identité de celui dont j'avais revêtu la personnalité alors que je regardais avec effroi le moi qui passait devant moi, et qui ne semblait pas me reconnaître. Je souhaitais le rejoindre au plus tôt. Mais une brute de soldat me repoussa dans la foule, de toutes ses forces.

VIII

Dans les semaines qui suivirent la fin de la peste, le Maître ne fut pas seulement porté au poste de Premier Astrologue du Sérail, il réussit également à forger avec le Sultan des liens d'amitié bien plus étroits que tout ce que nous avions pu espérer depuis tant d'années. Après l'échec de cette tentative de rébellion, le Grand Vizir avait fait comprendre à la Sultane douairière que le moment était venu pour le Sultan de se débarrasser de tous ces bouffons qui constituaient son entourage ; car les artisans et les boutiquiers, ainsi que les Janissaires, considéraient comme responsables de tous les malheurs cette foule de cuistres et de prétentieux qui avaient entraîné le jeune souverain dans une mauvaise voie. Si bien que la coterie de Sitki Éfendi, ex-Premier Astrologue, dont on disait qu'elle avait participé au complot, fut chassée du Sérail par le biais du bannissement ou de la mutation, et le Maître récupéra toutes ces charges.

À présent, le Maître se rendait chaque jour à l'une des résidences impériales pour y être reçu par le Sultan, qui lui consacrait régulièrement une part de son temps. À son retour à la maison, il me racontait sa journée sur un ton de triomphe et de jubilation. Chaque matin, il lui fallait interpréter le songe qu'avait eu le Sultan la nuit précédente. De toutes les charges qui lui avaient été conférées, c'était peut-être celle qu'il préférait. Le jour où le Sultan lui avait avoué avec tristesse qu'il n'avait pas rêvé, le Maître lui avait conseillé d'interpréter le rêve d'un autre. Piqué de curiosité, le Sultan avait adopté cette idée et les gardes du Palais s'étaient aussitôt lancés à la recherche d'un homme ayant de bons rêves; ils l'avaient trouvé et amené devant le souverain. De sorte que chaque matin, l'interprétation d'un songe était devenue une habitude immuable. Bien sûr, le reste du temps, quand le Sultan et le Maître se promenaient dans les cours et les parcs du Sérail, à l'ombre des arbres de Judée et des grands platanes, ou encore au cours de leurs promenades en caïque sur le Bosphore, ils discutaient aussi de la ménagerie si chère au Sultan ou des animaux fabuleux issus de notre imagination. Mais le Maître parvenait à aborder d'autres sujets, dont il me parlait avec fougue : ainsi, par quoi les courants du Bosphore étaient-ils causés ? En quoi l'étude et la compréhension de la vie si méthodique des fourmis pouvaient-elles être utiles ? D'où le magnétisme terrestre tirait-il sa force, mis à part, bien entendu, la volonté de Dieu ? Quelle importance tel ou tel mouvement des astres avait-il ? Pouvait-on découvrir des choses à apprendre de la façon de vivre des Infidèles — à part le fait que c'étaient des infidèles ? Était-il possible de fabriquer une arme nous permettant de terroriser et mettre en déroute leurs armées ? Après m'avoir assuré que le Sultan avait prêté une oreille attentive à ces propos, le Maître s'installait devant la table avec enthousiasme et, sur ces grandes feuilles d'un papier qui coûtait si cher, il traçait des projets pour cette arme, des pièces d'artillerie au tube très large et très long, des mécanismes de mise à feu automatique, des engins dont l'aspect faisait penser à des animaux diaboliques; il me demandait de m'approcher de la table et de porter témoignage sur la violence de ces images dont il affirmait qu'elles seraient réalisées dans un proche avenir.

J'aurais tant voulu partager ces illusions avec lui ! C'est

pourquoi je me plaisais à penser à la peste qui nous avait fait vivre ces jours si terribles où nous nous étions sentis frères. Les gens s'étaient rendus à la mosquée de Sainte-Sophie pour remercier le Ciel de les avoir délivrés du démon de la peste, mais la maladie n'avait pas entièrement relâché son emprise sur la ville. Le matin, alors que le Maître courait au palais impérial, je parcourais Istanbul avec anxiété, relevant le nombre de cercueils qui sortaient encore des petites mosquées de quartier aux minarets trapus ou des humbles *mesdjit* aux tuiles couvertes de mousse; poussé par un sentiment que j'étais incapable de comprendre, je souhaitais que la maladie ne nous abandonne pas, la ville et nous.

Quand le Maître me parlait de ses victoires, de l'influence qu'il exerçait sur le Sultan, je lui expliquais que l'épidémie sévissait encore dans la ville et qu'elle pouvait retrouver toute sa virulence, car les mesures de sécurité avaient été annulées. Furieux, il me faisait taire et affirmait que j'étais jaloux de ses succès. Je lui donnais raison. Il avait été nommé Premier Astrologue; chaque matin, le Sultan lui racontait ses rêves; il pouvait discuter en privé avec le souverain, en l'absence de cette foule d'imbéciles qui l'entouraient : c'était là ce que nous attendions depuis quinze ans, et c'était vraiment une victoire. Mais pourquoi le Maître en parlait-il comme s'il s'agissait là de ses succès à lui seul? Il semblait avoir oublié que c'était moi qui lui avais conseillé les mesures à prendre contre la peste, moi qui avais dressé ce calendrier, pas très exact peut-être, mais qui avait été accueilli comme s'il l'était. Ce qui me blessait davantage encore, c'était qu'il se souvenait seulement de ma fuite; il avait oublié son affolement, sa façon de me ramener en toute hâte à Istanbul.

Oui, il avait peut-être raison. Ce que j'éprouvais pouvait être qualifié de jalousie, mais c'était également un sentiment de fraternité qu'il ne remarquait même pas. Quand j'évoquais la période d'avant la peste, les jours où nous nous installions aux deux extrémités de la table — tels deux vieux garçons qui cherchent à oublier l'ennui de leurs nuits solitaires —, quand je lui rappelais les peurs qui nous avaient assaillis et tout ce que ces peurs nous avaient enseigné ; quand je lui avouais que ces nuits m'avaient manqué alors que je me retrouvais seul dans l'île, il m'écoutait avec mépris, comme s'il se contentait d'observer mon hypocrisie dans un jeu auquel il se refusait de participer ; il ne me fit jamais entrevoir le moindre espoir, la moindre promesse que ces jours pourraient revenir.

Je pouvais le constater quand je parcourais les divers quartiers : la peste reculait, elle se retirait peu à peu de la ville, à croire qu'elle ne voulait pas porter ombrage à ce que le Maître qualifiait de victoire. Je me demandais parfois avec curiosité pourquoi je me sentais si seul à l'idée que l'obscure terreur de la mort s'éloignait. J'avais souvent envie de parler avec le Maître de ces sujets et non plus des rêves du Sultan ou des projets que lui présentait le Maître ; j'étais prêt à me planter à ses côtés devant ce miroir terrifiant qu'il avait décroché du mur — même si la peur de la mort se dressait près de moi ! Mais le Maître me traitait avec mépris depuis longtemps déjà ; ou alors il faisait semblant de me mépriser ; pis encore, je devinais qu'il ne voulait même plus se donner la peine de me manifester du mépris.

Pour le ramener à notre vie si heureuse d'autrefois, je lui disais parfois qu'il était temps de nous installer à nouveau devant notre table, pour nous remettre au travail. Et pour l'exemple, je tentai d'écrire, à deux ou trois reprises. Quand je voulus lui lire les pages où je décrivais, en les exagérant quelque peu, la terreur de la peste, le désir de commettre le péché qui naît de cette peur et les péchés que je n'avais pas entièrement avoués, il ne m'écouta même pas. Il me répliqua avec insolence, avec une violence qui lui venait plus de mon désarroi que de son propre triomphe : il avait toujours su que mes écrits n'étaient que des sottises ; s'il avait consenti à jouer à ces petits jeux, c'était uniquement par ennui, et pour voir où ils nous mèneraient; il avait voulu me mettre à l'épreuve. Et il avait compris quel genre d'homme j'étais le jour où, le croyant atteint par la peste, j'avais pris la fuite en l'abandonnant! J'étais un pécheur! Il y avait deux catégories d'hommes : les Justes — comme lui — et les pécheurs comme moi...

Je ne répliquai pas à ces paroles, que je préférais attribuer à l'ivresse de la victoire. Mes capacités intellectuelles étaient intactes. Et quand je constatais combien m'agaçaient les événements quotidiens les plus triviaux, je me disais que j'étais encore capable d'éprouver une juste colère. Mais j'étais incapable de décider où le mènerait l'attitude que je pouvais adopter face à ses discours provocateurs, ni même si elle pourrait l'embarrasser. Au moment de ma fuite, durant les jours que j'avais passés sur l'île de Heybéli, j'avais compris que mes intentions n'étaient pas très claires. Rentrer à Venise? À quoi bon? Au bout de quinze ans, je m'étais persuadé depuis longtemps que ma mère était morte, ma fiancée, mariée et mère de famille. Je n'avais plus envie de penser à elles. D'ailleurs, elles prenaient de plus en plus rarement place dans mes songes, je ne rêvais même plus que j'étais à Venise, parmi mes proches, comme cela m'arrivait si souvent au début. À présent, je les voyais, eux, parmi nous à Istanbul. Je savais que si je retournais à Venise, je ne pourrais y reprendre ma vie là où je l'avais laissée. Je pourrais tout au plus commencer une nouvelle existence entièrement différente. Et l'évocation de cette nouvelle vie ne suscitait plus en moi la moindre excitation — sauf l'idée des livres que je pourrais écrire sur les mœurs des Turcs et sur mes années de captivité.

Je me disais parfois que le Maître me traitait avec mépris parce qu'il devinait en moi ce déracinement et ce manque de projets d'avenir, parce qu'il constatait mes faiblesses, et parfois aussi, je doutais même qu'il s'en rendît compte. Ces fariboles qu'il racontait chaque jour au Sultan, cette arme extraordinaire dont il imaginait les moindres détails et qui était censée remporter la victoire et exercer une importance capitale sur l'esprit du souverain, tout cela l'enivrait, au point qu'il ne se souciait même plus de ce que je pensais. Je me surprenais à observer avec envie la félicité de cet homme qui se suffisait si bien à lui-même. J'aimais l'enthousiasme affecté que lui inspiraient ses succès tellement exagérés, sa façon de regarder sa main, paume en l'air, quand il affirmait qu'il réussirait certainement à tenir le Sultan sous sa coupe. Je n'osais pas me l'avouer, mais quand je suivais ses gestes, son attitude dans la vie de tous les jours, il me semblait parfois m'observer moi-même. Devant les gestes ou les manières d'un enfant ou d'un adolescent, n'a-t-on pas parfois le sentiment de revoir sa propre enfance, sa propre adolescence, et on le contemple alors avec bienveillance et inquiétude. La curiosité et la crainte aussi que j'éprouvais ressemblaient à ces sentiments-là. Je pensais souvent aux mots qu'il avait prononcés quand il m'avait saisi par la nuque : « Je suis devenu toi. » Mais quand je lui rappelais cette époque, le Maître m'interrompait aussitôt, il me parlait de ce qu'il avait dit au Sultan ce jour-là pour rendre crédible à ses yeux cet extraordinaire engin de guerre, ou alors il m'expliquait comment il avait su agir sur son esprit quand il avait interprété ses songes ce matin-là.

J'aurais bien voulu croire, moi aussi, à ces succès éclatants qu'il me décrivait en les enjolivant à plaisir. Il m'arrivait même, emporté par l'extravagance de ses fantasmes, de me mettre à sa place en ressentant une grande joie. À ces instants-là, je ne l'en aimais que davantage et m'en aimais moi-même ; et, bouche bée comme un simplet qui écoute un beau conte de fées, je me laissais prendre par ce qu'il racontait, je m'imaginais qu'il parlait des beaux jours à venir comme d'un but que nous poursuivions ensemble.

Ce fut ainsi que je fus amené à l'approuver dans son interprétation des rêves du Sultan ! Le Maître avait décidé de pousser le jeune souverain, âgé de vingt et un ans, à s'attribuer une plus grande part du pouvoir. Il lui expliquait ainsi que les chevaux lancés au grand galop, dont rêvait très souvent le Sultan, étaient malheureux parce qu'ils n'avaient pas de maître; que les loups qui plantaient leurs crocs impitoyables dans la gorge de leurs ennemis étaient heureux, au contraire, parce qu'ils réglaient eux-mêmes leurs affaires; que les vieilles femmes en larmes, les jeunes filles aveugles ou les arbres brusquement dépouillés de leur feuillage par une pluie sombre l'appelaient à leur secours; que les araignées intouchables et les faucons pleins de fierté symbolisaient les vertus de la solitude. Nous voulions que le Sultan s'intéresse à notre savoir, une fois qu'il aurait pris en main tout le pouvoir, et, à cet effet, nous utilisions même ses cauchemars. Les nuits qui suivaient les longues parties de chasse épuisantes, quand il arrivait au Sultan, comme à beaucoup de grands chasseurs, de se voir en rêve transformé en gibier et poursuivi par la meute, ou quand, sous l'effet de la peur de la destitution, il se revoyait enfant, assis sur son trône, le Maître lui expliquait qu'il se maintiendrait toujours sur ce trône et qu'il échapperait aux pièges de ses ennemis à condition de disposer d'armes aussi efficaces que les leurs. Le Sultan voyait en songe s'éloigner en trottinant les deux moitiés de l'âne que son aïeul, le Sultan Mourat, avait fendu en deux d'un seul coup d'épée pour démontrer la force de son bras; ou encore sa grand-mère, cette sorcière du nom de Keussème, surgir toute nue de sa tombe et tenter de les étrangler, sa mère et lui; ou des cadavres ensanglantés se balancer en guise de fruits aux branches des figuiers qui, dans son rêve, avaient remplacé les platanes de l'Hippodrome; des méchants dont les visages ressemblaient au sien le poursuivre pour l'étrangler et fourrer son cadavre dans des sacs qu'ils tenaient à la main; ou encore toute une horde de tortues se jeter à la mer à Uskudar et nager vers le Sérail, avec, sur le dos, des chandelles dont le vent n'éteignait pas la flamme. Nous nous disions qu'ils avaient bien tort, ceux qui affirmaient que le souverain négligeait les affaires de l'État et qu'il n'avait en tête que la chasse et les animaux. De ces songes que je notais en les classant dans nos registres avec plaisir et patience, nous nous efforcions de donner une interprétation témoignant de l'utilité de la Science et de la nécessité urgente d'une arme inouïe jusque-là et qu'il fallait inventer.

À en croire le Maître, notre influence sur le prince ne faisait que s'accroîtrc. Quant à moi, je ne croyais plus du tout à notre réussite. Le Maître avait beau obtenir du Sultan la promesse de faire bâtir un observatoire ou une Maison de Sciences, ou bien l'autorisation de travailler sur un projet d'arme nouvelle — il passait des nuits entières à y rêver avec enthousiasme —, les mois s'écoulaient sans qu'il eût l'occasion de parler sérieusement — ne fût-ce qu'une seule fois — de ces projets avec le souverain. À la mort du Grand Vizir, un an après l'épidémie de peste, le Maître se trouva de nouveaux prétextes pour reprendre espoir : le Sultan n'avait jamais osé mettre ces idées en pratique parce qu'il craignait la personnalité et l'autorité de Köprülü ; mais à présent que le Grand Vizir était mort, et remplacé par son fils qui n'était pas aussi puissant que lui, on pouvait espérer que le souverain prendrait des décisions courageuses...

Les trois années suivantes, nous les passâmes à attendre ces mesures courageuses. Désormais, ce n'était pas l'immobilisme du Sultan, ballotté entre ses rêves et ses chasses, qui me surprenait le plus, mais le fait que le Maître pouvait encore placer en lui tous ses espoirs. Ce que j'attendais, moi, c'était le jour où il perdrait ses illusions après toutes ces années et où il finirait par me ressembler. À vrai dire, il ne me parlait plus autant de ce qu'il appelait « la victoire » et il ne semblait plus éprouver l'enthousiasme dont il avait été saisi tout au long des mois qui suivirent la fin de l'épidémie. Mais il gardait intact le rêve du jour où il pourrait séduire le Sultan avec ce qu'il appelait son

« projet gigantesque ». Il trouvait toujours des excuses à ces retards : après le terrible incendie qui avait réduit en cendres Istanbul, le Sultan ne pouvait consacrer de grosses sommes à ces grands projets ; ses ennemis, qui voulaient le remplacer sur le trône par son frère, pourraient en profiter ; le Sultan ne pouvait rien faire actuellement, car ses armées étaient engagées dans une campagne au pays des Magyars... L'année suivante, nous attendions toujours, car on avait engagé une offensive dans les Allemagnes ; et puis, il y avait l'achèvement de la mosquée édifiée au nom de la Sultane douairière, au bord de la Corne d'Or, où le Maître accompagnait souvent le Sultan et sa mère, la Sultane Tourhane, et qui nécessitait de grandes dépenses, ou encore les interminables parties de chasse auxquelles je ne participais jamais. Alors que j'attendais le retour du Maître, je m'efforçais à suivre ses instructions : je cherchais des idées brillantes pour ce qu'il appelait « le Grand Projet » ou encore « la Science » ; je feuilletais des livres ; je somnolais à vrai dire dans une douce oisiveté. Rêver à ces projets ne m'amusait même plus. Et leurs résultats — à supposer qu'ils se réalisent un jour — ne m'intéressaient guère. Il n'y avait rien de sérieux dans les idées que nous avions élaborées au cours des premières années qui avaient suivi notre rencontre, dans les domaines de l'astronomie, de la géographie ou des sciences naturelles ; et le Maître le savait aussi bien que moi. Les horloges, les instruments, les « modèles », oubliés dans un coin, étaient rouillés depuis belle lurette. Nous avions tout remis à plus tard, au jour où nous pourrions mettre en pratique cette chose très vague que le Maître appelait « la Science ». Nous n'avions aucun grand projet qui pût nous sauver de la ruine, nous ne disposions que de l'illusion d'un tel projet. Afin d'arriver à croire à cette chimère dépourvue d'éclat, et pour demeurer solidaire du Maître, je m'efforçais de me mettre à sa place, j'essayais de lire avec ses yeux à lui les pages que je feuilletais ou d'examiner comme il l'aurait fait les idées qui me venaient à l'esprit. À son retour des parties de chasse, je faisais semblant d'avoir fait une découverte sur le sujet qu'il m'avait demandé d'étudier, et de croire que nous pourrions tout changer en nous basant sur cette découverte. Quand je déclarais : « La cause de la hausse et du retrait des eaux de la mer est liée à la température des fleuves qui s'y déversent », ou : « La peste se propage par des particules se trouvant dans l'atmosphère, la maladie s'éloigne dès que change le temps », ou encore : « Il est possible de fabriquer une arme puissante, dont les rouages et le tube très long nous permettraient de faire battre en retraite tous nos ennemis », ou alors : « La Terre tourne autour du Soleil et le Soleil autour de la Lune », le Maître, tout en se débarrassant de sa tenue de chasse couverte de poussière, m'adressait toujours la même réponse qui me faisait sourire avec affection : « Dire que nos imbéciles n'en ont pas la moindre idée ! »

Puis il explosait dans une crise de rage qui me subjuguait par sa violence. Il me parlait avec fureur des heures passées par le Sultan à la poursuite d'un sanglier terrifié ou des larmes qu'il versait sur le sort d'un lièvre qu'il avait lui-même fait capturer par ses lévriers. Il m'avouait, à son corps défendant, que tout ce qu'il disait au souverain, au cours de ces parties de chasse, ne faisait que lui entrer par une oreille pour en sortir par l'autre ; il ressassait avec haine les mêmes questions : quand donc ces imbéciles seraient-ils capables de saisir la vérité ? Était-ce pur hasard si autant d'idiots pouvaient se retrouver dans un même lieu, ou ce rassemblement était-il inévitable ? Pourquoi étaient-ils si bêtes ?

Ainsi, il commençait à comprendre peu à peu qu'il devait se remettre à ce qu'il appelait « la Science », mais cette fois, dans le but de saisir ce que « ces gens-là » avaient dans la tête. Et comme lui, j'étais tout prêt à me lancer dans cette « Science », parce qu'elle me rappelait les beaux jours où, assis à la même table, nous nous haïssions si fort et où nous nous ressemblions tant. Mais dès les premiers essais, nous comprîmes que les choses n'étaient plus ce qu'elles avaient été.

Et surtout, parce que je ne savais plus comment le pousser dans ses derniers retranchements, ni pourquoi je le ferais, j'étais devenu incapable de le provoquer. Ce qui était encore plus grave, j'avais l'impression que ses tristesses et ses défaites étaient devenues mes tristesses et mes défaites à moi. Ainsi, un jour, je lui rappelai l'imbécillité des gens d'ici en invoquant des exemples exagérés à plaisir, je lui fis sentir — bien que ce ne fût pas là ma conviction — qu'il était tout comme eux condamné à la défaite ; et j'observai sa réaction : il protesta avec colère, affirma que la défaite n'était pas irrémédiable, à condition de prendre les devants et de nous consacrer à cette tâche, en arrivant, notamment, à réaliser cette arme redoutable ; il répétait que nous pourrions ainsi changer le cours du fleuve de l'histoire qui se déversait sur nous et nous ramenait sans cesse en arrière, et lui donner le sens souhaité. À vrai dire, il me rendait heureux parce qu'il ne parlait plus de « ses » plans, mais de « nos » plans, comme il le faisait toujours dans ses périodes de désespoir, mais il n'en était pas moins terrifié par l'approche d'une débâcle inévitable : il me faisait penser à un gamin qui se retrouve seul au monde ! J'aimais sa fureur et sa mélancolie, qui me rappelaient les premières années de ma vie d'esclave, et je voulais être comme lui. Alors qu'il arpentait la pièce en lançant des coups d'œil à la rue crottée, sous la pluie sombre et les lumières pâles et tremblotantes aux fenêtres de deux ou trois maisons en bordure de la Corne d'Or, comme à la recherche d'un signe qui pourrait réveiller l'espoir en lui, je me disais que l'homme tourmenté qui allait et venait dans cette pièce n'était pas le Maître, mais le fantôme de ma propre jeunesse. Celui que j'avais été autrefois m'avait abandonné, il s'en était allé. Et le moi qui somnolait dans son coin mourait d'envie de lui ressembler, dans l'espoir de retrouver ainsi l'enthousiasme qu'il avait perdu.

Mais cet enthousiasme qui se renouvelait sans cesse finissait par me lasser. Depuis son accession au poste de Premier Astrologue, son domaine à Guebzé s'était agrandi et ses revenus s'étaient accrus. En dehors des heures qu'il passait à converser avec le Sultan, le Maître n'avait pas besoin de se consacrer à un travail quelconque. Nous nous rendions de temps en temps à la campagne, visitions nos moulins délabrés et les villages où nous accueillaient d'énormes chiens de berger. Nous y contrôlions nos revenus, nous feuilletions les registres pour tenter de calculer le montant des sommes que nous avait escroquées l'intendant. Nous rédigions, parfois avec plaisir, mais la plupart du temps dans un profond ennui, des traités attrayants et amusants à l'intention du Sultan, et c'étaient là toutes nos activités. Sans mon insistance, le Maître n'aurait peut-être même pas pris la peine de rechercher du bon temps et d'organiser d'agréables parties de plaisir, qui nous donnaient l'occasion de coucher avec des femmes au doux parfum.

Ce qui énervait surtout le Maître, c'était de voir que le Sultan, à qui la Sultane sa mère ne pouvait plus faire entendre raison, et encouragé à cela par l'absence des généraux et des armées, qui avaient abandonné Istanbul à elle-même pour aller guerroyer dans des expéditions en Crète ou dans les Allemagnes, avait à nouveau assemblé autour de lui tous ces cuistres bavards, ces bouffons, ces charlatans qui avaient été chassés du Sérail. Afin de se distinguer de ces imposteurs qu'il haïssait et méprisait, et de leur faire admettre sa supériorité, le Maître était bien décidé à ne plus jamais pénétrer dans ce milieu ; mais sur les instances du Sultan, il se retrouvait quelquefois bien obligé de subir leurs discours et leurs débats. Quand il rentrait de ces réunions où la compagnie avait discuté d'étranges questions telles que : les animaux ont-ils une âme, ou quelles espèces animales en sont douées, lesquelles iront en enfer ou au paradis, la moule est-elle de sexe féminin ou de sexe masculin, le soleil qui se lève chaque matin est-il un nouveau soleil, ou l'ancien qui s'est couché la veille passe-t-il par une route détournée pour surgir à nouveau de l'autre côté chaque matin, et ainsi de suite, le Maître désespérait de l'avenir, il déclarait que si nous ne passions pas à l'action, nous perdrions bientôt toute influence sur le Sultan.

Parce qu'il parlait de « nos » projets, de « notre » avenir, c'était avec joie que je l'approuvais. Un jour, afin de comprendre ce que le Sultan pensait vraiment, nous étalâmes sur la table tous les carnets où je notais depuis des années les rêves du jeune souverain et nos propres réflexions. Un peu comme on examine le bric-à-brac retrouvé dans les tiroirs d'une armoire, nous tentâmes alors de faire l'inventaire du contenu de l'esprit du Sultan. Le résultat ne fut guère encourageant. Bien sûr, le Maître pouvait toujours lui parler de cette arme extraordinaire qui devait assurer notre salut, ou encore des mystères enfouis dans nos esprits et qu'il nous fallait déchiffrer le plus rapidement possible ; mais il ne pouvait plus faire mine d'ignorer l'imminence de la chute. Nous discutâmes de la question durant des mois.

La chute : entendions-nous par là que l'Empire allait perdre l'un après l'autre tous ses territoires ? Nous étalions nos cartes sur la table pour calculer avec tristesse quelle contrée, puis quelles montagnes, quels fleuves allaient nous échapper les premiers ; ou alors, cela signifiait-il que les gens allaient changer et changer aussi d'opinions et de croyances sans même s'en rendre compte ? Nous nous plaisions à imaginer les habitants d'Istanbul quitter leurs lits bien chauds un beau matin, chacun d'eux devenu un autre homme ; ils ne savaient plus comment porter leurs vêtements et avaient oublié à quoi servaient les minarets. La chute, cela pouvait peut-être signifier que l'on constatait la supériorité des autres et que l'on s'efforçait de leur ressembler. Du coup, le Maître me demandait de lui conter un épisode de ma vie à Venise, puis nous imaginions certaines de nos connaissances coiffées d'un chapeau, portant un haut-de-chausses, et revivant mes propres expériences !

Nous finîmes par décider, en une ultime tentative pour échapper à la catastrophe, de présenter au Sultan les rêves que nous échafaudions avec un plaisir tel que nous ne voyions plus passer le temps. Nous nous disions que ces visions de désastre, rendues plus vivantes par les couleurs que leur attribuait notre fantaisie, pourraient émouvoir et inquiéter le souverain. Ainsi, tout au long des nuits sombres et silencieuses, nous remplîmes un livre de nos visions de ruine et de calamités. Ces misérables humbles et résignés ; ces routes couvertes de boue ; ces bâtiments jamais achevés ; ces rues sombres et bizarres ; ces hommes qui répétaient des prières dont ils ignoraient le sens, implorant le Ciel pour que tout redevienne comme autrefois ; et les mères douloureuses, les pères infortunés ; les malheureux dont la vie était trop brève pour qu'ils puissent nous transmettre ce qui se faisait et ce qui s'écrivait dans les autres pays ; ces machines abandonnées ; et aussi ceux qui se lamentaient et versaient des larmes sur les beaux jours d'autrefois ; ces chiens errants qui n'avaient plus que la peau sur les os ; ces paysans sans terre ; ces vagabonds qui erraient oisifs dans la ville ; ces musulmans illettrés qui porteraient un jour culotte, et toutes les guerres qui se terminaient par la défaite — nous en remplîmes notre livre. Mes souvenirs, qui avaient perdu tout leur éclat, prirent place dans une autre partie du livre : quelques scènes relatant les événements heureux ou instructifs qui m'étaient arrivés à l'époque où je me trouvais à Venise avec mon père, ma mère et mes frères et sœurs, ou encore au cours de mes années d'études. Voilà comment vivaient « les autres », ceux qui allaient nous vaincre, nous devions donc agir au plus tôt, sans leur laisser le temps de passer à l'action ! Dans la conclusion que notre calligraphe gaucher recopia soigneusement, se trouvait un poème bien cadencé, où le Maître utilisait la métaphore qui lui était si chère — celle du fatras qui emplit une armoire — et qui pouvait peut-être nous introduire dans l'obscur labyrinthe de nos esprits. Ce traité, qui était à mon avis le meilleur de tous ceux que nous avions écrits, le Maître et moi, se terminait ainsi sur une note mélancolique, avec ce poème, voilé d'une brume légère, que je qualifierais de majestueux et de discret.

Un mois après avoir remis le livre au Sultan, le Maître reçut l'ordre d'entreprendre la fabrication de cette arme incroyable. Nous en fûmes stupéfaits. Mais nous n'arrivâmes pas à décider en quelle mesure nous devions ce succès à ce traité.

IX

Quand le Sultan ordonna au Maître : « Voyons un peu cette arme incroyable qui assurera la ruine de nos ennemis ! », il voulait peut-être le mettre à l'épreuve ; peut-être avait-il lui-même un rêve qu'il lui cachait, ou voulait-il prouver à sa mère et aux pachas qui le harcelaient sans cesse que les cuistres dont il s'entourait pouvaient servir à quelque chose ; peut-être encore se disait-il que le Maître était capable, après la peste, de réaliser un nouveau miracle ; peut-être avait-il été réellement touché par ces images de désastres et de défaites dont nous avions rempli notre livre ; peut-être aussi, plus que de la décadence, s'affolait-il à l'idée d'être destitué, à la suite de quelque revers militaire, par tous ceux qui voulaient le remplacer sur le trône par son frère. Nous réfléchissions à toutes ces possibilités, tout en calculant avec stupeur les sommes énormes qu'allaient nous assurer les villages, les caravansérails, les oliveraies dont le Sultan nous avait attribué les bénéfices pour le financement de nos travaux.

Le Maître finit par déclarer que ce qui devait nous surprendre le plus, c'était cet étonnement même : pour nous laisser ainsi gagner par le doute en voyant le souverain y croire, pensions-nous donc que toutes les histoires qu'il avait racontées au Sultan, tous les livres et traités que nous avions rédigés depuis des années ne disaient pas la vérité ? Mieux encore : le Sultan commençait à éprouver de la curiosité pour ce qui se passait dans les ténèbres de nos esprits. Et n'était-ce pas là cette victoire que nous attendions depuis tant d'années ? me demandait le Maître avec enthousiasme.

C'était vrai ; et, de plus, nous nous lancions dans cette entreprise en nous partageant le travail. J'étais heureux, moi aussi ; en outre, je n'étais pas aussi anxieux que lui quant aux résultats. Les six années suivantes que nous passâmes à travailler sur le perfectionnement du projet furent les plus périlleuses de notre existence. Nous étions en danger, non parce que nous manipulions de la poudre, mais parce que nous avions attiré sur nous la haine et la jalousie de nos ennemis ; parce que tout le monde s'impatientait de nous voir réussir ou échouer, et parce que nous-mêmes attendions les résultats dans la crainte.

Nous passâmes tout un hiver à perdre notre temps, en nous contentant de travailler assis à notre table. Nous étions pleins d'enthousiasme et d'impatience, mais nous ne disposions que de l'idée de l'arme, et des détails trop vagues et flous qui nous emplissaient l'esprit quand nous imaginions la débandade qu'elle sèmerait chez nos ennemis. Ensuite, nous décidâmes de travailler en plein air, avec de la poudre. Comme nous l'avions fait durant les semaines où nous avions préparé les feux d'artifice, nous nous installions à l'ombre fraîche de grands arbres ; nos hommes, au loin, mettaient le feu à des charges de poudre dont nous avions calculé les proportions. Les curieux affluaient des quatre coins d'Istanbul pour voir s'élever des fumées multicolores en émettant des bruits de toutes sortes. Si bien que les abords de la prairie, où nous avions disposé nos tentes, nos cibles et les pièces à tube long ou court que nous avions fait fondre se transformèrent en kermesse. Et vers la fin de l'été, le Sultan en personne vint nous y rendre visite, sans nous avoir fait prévenir.

Nous organisâmes aussitôt une parade en son honneur. Le vacarme fit trembler ciel et terre. Nous fîmes une démonstration au Sultan des cartouches emplies d'un mélange de poudre fortement comprimé, des obus, des nouvelles pièces d'artillerie, et des projets de canons qui n'avaient pas encore été coulés et de mécanismes de mise à feu qui devaient fonctionner d'eux-mêmes. Mais le souverain manifesta plus d'intérêt à ma personne qu'à nos travaux.

Au début, le Maître avait tenté de me tenir à l'écart. Mais dès que commença la parade, le Sultan avait remarqué que je donnais des ordres aussi souvent que le Maître et que nos hommes s'adressaient autant à moi qu'à lui ; ce qui avait piqué sa curiosité.

Quand je lui fus présenté pour la seconde fois en quinze ans, le Sultan m'examina comme s'il se souvenait vaguement de m'avoir déjà vu, mais qu'il ne savait plus de qui il s'agissait : il avait l'expression de celui qui goûte un fruit les yeux fermés et s'efforce de deviner de quelle espèce il s'agit. Je baisai le bas de sa robe. Il ne se fâcha aucunement quand il apprit que je vivais depuis vingt ans dans ce pays et que je ne m'étais toujours pas converti à l'Islam. Ce n'était pas là ce qui l'intriguait : « Depuis vingt ans, hein ? C'est étrange ! » répétait-il. Puis il me posa à brûle-pourpoint la question : « C'est toi qui lui enseignes tout ça ? » Mais il ne semblait pas attendre de réponse, car il quittait déjà notre tente en lambeaux, qui puait la poudre et le salpêtre et se dirigeait vers son beau cheval blanc. Il s'arrêta brusquement, se tourna vers le Maître et moi, qui nous tenions côte à côte, et eut un grand sourire, comme à la vue de ces merveilles de la nature, si exceptionnelles, que Dieu crée pour rabaisser l'orgueil de l'homme, pour lui faire comprendre son absurdité : une paire de jumeaux parfaitement identiques, par exemple, ou un nain extrêmement bien proportionné.

Cette nuit-là, je pensai sans cesse au Sultan ; mais non de la façon dont le Maître l'eût désiré. Il continuait à parler du souverain avec haine et répulsion. Alors que j'avais compris, moi, que je ne pourrais jamais ressentir haine ou mépris à son égard :

son aisance, son charme, ses façons d'enfant gâté qui dit tout ce qui lui passe par la tête m'avaient plu. J'aurais bien voulu lui ressembler ou alors devenir son ami. Après la crise de rage qu'avait traversée le Maître, alors que je tâchais de m'endormir en me répétant que le Sultan ne méritait pas d'être abusé, j'avais envie de tout lui raconter. Mais lui raconter quoi ?

L'intérêt avait été réciproque. Un matin, le Maître m'annonça — avec un déplaisir évident — que le Sultan m'attendait moi aussi, et je le suivis au Sérail. C'était une belle journée d'automne, qui sentait la mer et les algues. Nous passâmes la matinée près d'un bassin où fleurissaient des nénuphars, sous les platanes et les arbres de Judée, dans un bois au sol tapissé de feuilles rouges. Le Sultan nous demanda de lui parler des grenouilles qui abondaient dans le bassin. Le Maître se contenta de banalités dépourvues d'imagination et de couleurs, qu'il débita avec mauvaise grâce. Mais le Sultan ne sembla pas remarquer ce manque de respect qui me choqua fort. Il manifesta à mon égard beaucoup plus d'intérêt.

Si bien que je lui parlai longuement des mécanismes qui permettent aux grenouilles de bondir si haut, de leur circulation sanguine, de leur cœur qui continue à battre un long moment après avoir été détaché de leur corps, et des mouches et autres insectes dont elles se nourrissent. Je demandai du papier et un calame pour mieux lui expliquer les métamorphoses subies par l'œuf jusqu'au moment où il se transforme en une grenouille adulte comme celles du bassin. Le Sultan manifesta un grand intérêt pour les dessins que je traçai avec des calames présentés dans une écritoire d'argent incrustée de rubis. Il parut très amusé par toutes les histoires de grenouilles dont je me souvins. Il fit la grimace et eut même un hoquet quand je lui rapportai l'histoire de la princesse qui embrassa une grenouille. Il ne ressemblait nullement à l'adolescent stupide que m'avait décrit le Maître ; il me faisait plutôt penser à un adulte très sérieux qui tient à commencer sa journée par l'étude de la science et de l'art. Au bout de quelques heures extrêmement agréables que le Maître passa pourtant à faire la tête, le Sultan me déclara, les yeux fixés sur les dessins de grenouilles qu'il tenait à la main : « Je me suis toujours douté que c'était toi qui inventais toutes ces histoires. Mais les dessins aussi, c'était donc toi qui les faisais ! » Sur quoi, il m'interrogea sur les grenouilles à moustaches.

Ainsi débutèrent mes relations avec le souverain. J'accompagnais désormais le Maître dans toutes ses visites au Sérail. Au début, le Maître parlait très peu, le Sultan conversait surtout avec moi. Alors que nous discutions, lui et moi, de ses rêves, de ses émois, de ses peurs, du passé et de l'avenir, je me demandais en quelle mesure cet homme que je voyais en face de moi, un homme raisonnable et goûtant la plaisanterie, ressemblait au prince que le Maître me décrivait depuis des années. Aux questions qu'il me posait avec adresse, aux petites ruses qu'il utilisait, je devinais que le Sultan, s'appuyant sur le contenu de nos livres, était curieux d'apprendre à quel point le Maître était le Maître et à quel point il était moi ; à quel point j'étais moi, à quel point j'étais le Maître... Et, pendant tout ce temps, le Maître ne se préoccupait que des armes à long canon qu'il s'évertuait à faire fondre, au point de ne pas s'intéresser à cette curiosité du Sultan, curiosité qu'il estimait stupide.

Six mois après le début de nos travaux sur les armes, le Maître s'affola en apprenant que le Grand Maître de l'artillerie, furieux de nous voir fourrer le nez dans ses affaires, demandait à être relevé de ses fonctions si on ne procédait pas au renvoi des deux fous qui, sous prétexte d'innovation, rabaissaient l'art des machines de guerre ! Mais le Maître ne chercha pas de compromis pour s'entendre avec le Grand Maître, qui semblait pourtant prêt à un accord. Quand, un mois plus tard, le Sultan nous ordonna de travailler sur notre arme sans utiliser de canons, le Maître ne sembla pas s'en inquiéter. Nous savions bien tous les deux que les canons et les tubes que nous avions fait fondre n'étaient en rien supérieurs aux anciens modèles utilisés depuis des années.

À en croire le Maître, nous nous trouvions désormais dans une phase nouvelle, nous devions tout reprendre, tout rêver à nouveau. Je m'étais accoutumé à ses colères comme à ses illusions, si bien que la seule chose nouvelle pour moi était d'avoir pu faire la connaissance du Sultan. Et le souverain semblait heureux de se trouver en notre compagnie, lui aussi. Tel le père plein de sagesse qui arbitre une querelle entre ses deux fils en déclarant : « Ces billes-là sont à toi et voici les tiennes », il suivait avec attention nos paroles et nos attitudes, pour nous distinguer l'un de l'autre. Cette surveillance, qui me semblait tantôt enfantine, tantôt assez astucieuse, commençait à m'inquiéter. J'étais tout près de croire que ma personnalité m'échappait pour se confondre avec celle du Maître, sans même que nous nous en rendions compte, et que seul le Sultan, capable, lui, de jauger cette créature fantastique, nous connaissait déjà bien mieux que nous ne nous connaissions nous-mêmes.

Quand nous interprétions ses songes ou quand nous parlions de l'arme nouvelle dont nous ne faisions alors que rêver, le Sultan mettait brusquement fin au sujet, pour se tourner vers nous : « Non, cette idée-là n'est pas la tienne, déclarait-il, elle vient de lui ! » Parfois, il parvenait à distinguer des différences entre nos gestes et nos attitudes : « En ce moment, tu regardes comme lui ! Regarde avec ton regard à toi ! » disait-il. Je me mettais à rire, tout étonné. Il ajoutait : « Voilà qui est fait, très bien. Ne vous êtes-vous donc jamais regardés côte à côte dans un miroir ? » Il nous posait la question : lequel d'entre nous parvenait à être le plus longtemps lui-même, quand nous nous trouvions en face d'un miroir ? Un jour, il fit apporter tous nos ouvrages, tous nos livres traitant des animaux, tous les calendriers que nous avions dressés pour lui depuis des années ; il nous expliqua qu'il s'était toujours plu, en les étudiant page par page, à imaginer lequel d'entre nous avait rédigé telle partie de l'ouvrage, ou l'avait écrite en se mettant à la place de l'autre. Mais ce qui provoqua surtout la colère du Maître, et me stupéfia, ce fut l'épisode de l'imitateur qu'il fit venir en notre présence.

Ni le visage de l'homme ni sa stature ne ressemblaient aux nôtres ; il était petit et gros, ses vêtements étaient également différents des nôtres, mais quand il ouvrit la bouche, je fus pris de peur : je croyais entendre parler le Maître ! Comme lui, l'homme rapprochait ses lèvres de l'oreille du Sultan, semblant lui confier un secret ; comme lui, quand il passait aux détails, sa voix se faisait plus grave, il prenait une mine sérieuse et attentive, puis comme lui, il se laissait emporter par ses propres paroles, il faisait de grands gestes passionnés des bras et des mains, pour mieux convaincre son interlocuteur, au point d'en perdre le souffle, mais son discours, qu'il débitait avec les intonations du Maître, ne portait ni sur les étoiles ni sur nos armes nouvelles, c'était une simple énumération de plats, dont il avait appris les noms dans les cuisines du Sérail, et des ingrédients et des épices que nécessitait leur préparation. Alors que le Sultan souriait, l'imitateur continuait ce jeu, qui bouleversait le Maître dont la mine s'était défaite, en citant successivement les noms de tous les relais de la route Istanbul-Alep. Le Sultan lui ordonna ensuite de faire mon imitation : l'homme qui me fixa soudain, bouche bée, l'air ahuri, c'était bien moi ! J'en étais stupéfait. Mais quand le souverain demanda à l'homme de mimer quelqu'un qui serait mi-moi, mi-le Maître, je me sentis comme envoûté. Tout en suivant les gestes du mime, j'avais envie de m'écrier, comme l'avait fait le Sultan : « Ça, c'est moi, et cela, c'est le Maître ! » D'ailleurs, l'homme le faisait à ma place, il nous indiquait du doigt tour à tour. Le Sultan renvoya le mime après l'avoir félicité, puis il nous conseilla de réfléchir à ce que nous venions de voir et d'en tirer les conclusions.

Qu'entendait-il par là ? Le soir, je déclarai qu'à mon avis, le Sultan était bien plus intelligent que le personnage falot que le

Maître m'avait décrit durant tant d'années ; et j'ajoutai qu'il semblait s'engager de lui-même sur la voie que le Maître avait tant désiré lui faire prendre. Ce qui lui fit piquer une crise de rage. Et je lui donnai raison : supporter le talent de ce mime n'était vraiment pas facile ! Le Maître déclara que désormais, il ne mettrait plus les pieds au Sérail, à moins d'y être vraiment obligé. À présent que l'occasion attendue depuis tant d'années était enfin à portée de sa main, il n'avait pas du tout l'intention de fréquenter ces imbéciles et de subir de tels affronts. Puisque je connaissais si bien les goûts du Sultan, puisque j'étais assez malin, moi, pour me prêter à ces bouffonneries, c'était moi qui m'y rendrais désormais à sa place !

Le Sultan n'eut pas l'air de me croire quand je lui annonçai que le Maître était malade. « Laissons-le donc travailler à son arme », se contenta-t-il de dire. Si bien que, durant les quatre années que le Maître consacra à ces projets et à leur exécution, ce fut moi qui me rendis au Sérail. Et lui resta à la maison, seul avec ses rêves, comme je le faisais autrefois.

Et au cours de ces quatre années, j'appris que la vie n'était pas obligatoirement une épreuve que l'on doit endurer, mais qu'elle pouvait présenter bien des agréments. Les courtisans, qui voyaient le Sultan me manifester autant de bienveillance qu'au Maître, prirent l'habitude de m'inviter à des festivités presque quotidiennes. Un jour, c'était le mariage de la fille d'un vizir ; le lendemain, on fêtait la naissance d'un nouvel enfant du Sultan ; le surlendemain, on célébrait la reprise d'une place forte au pays des Magyars ; puis des cérémonies marquaient le premier jour d'école du prince héritier ; et ensuite venaient les réjouissances du Ramadan et du Baïram. Je pris très vite de l'embonpoint, à force de m'empiffrer de viandes et de pilaf bien gras, de dévorer ces lions, ces autruches ou ces sirènes de sucre fourrés aux pistaches, au cours de ces festivités qui duraient souvent plusieurs jours. La plus grande partie de mon temps se passait aux spectacles : lutteurs au corps huilé qui combattaient jusqu'à l'évanouissement, funambules qui virevoltaient, le balancier à la main, sur un fil tendu entre les minarets d'une mosquée ; saltimbanques brisant entre leurs dents un fer à cheval, ou s'enfonçant dans le corps des couteaux ou des broches ; prestidigitateurs faisant surgir des plis de leurs manteaux des colombes, des serpents ou des singes ; illusionnistes faisant disparaître en un clin d'œil la tasse de café que nous tenions à la main ou subtilisant l'argent de notre poche. Il y avait aussi le théâtre d'ombres, avec ses deux principaux personnages, Karagueuz et Hadjivat, dont les dialogues obscènes me ravissaient. Les nuits où il n'y avait pas de feux d'artifice, en compagnie de mes nouveaux compagnons dont j'avais, pour la plupart, fait la connaissance le jour même, je me rendais dans l'un de ces palais ou dans l'une de ces riches demeures où se pressaient les gens, j'écoutais de la musique durant des heures, en buvant du raki ou du vin, je prenais du bon temps à trinquer avec les ravissantes danseuses qui imitaient les gazelles langoureuses, les beaux travestis qui dansaient sur les eaux, les chanteurs à la voix de flamme qui nous charmaient avec des mélodies pleines de sentiment ou de gaieté. Je fréquentais également les demeures des ambassadeurs, où j'étais l'objet d'une grande curiosité, et après avoir suivi des ballets où des filles et des garçons à la mine agréable sautillaient à petits pas, ou écouté les derniers airs à la mode interprétés par un ensemble venu de Venise, je pouvais savourer ma renommée qui s'accroissait de jour en jour. Les Européens qui se rassemblaient dans les ambassades m'interrogeaient sur les aventures terrifiantes que j'avais traversées et sur les souffrances que j'avais subies. Ils me demandaient comment j'avais pu résister à ces épreuves et comment je pouvais encore tenir le coup. Je leur cachais que ma vie se passait entre quatre murs, dans une douce somnolence, et dans la rédaction de livres sans queue ni tête ; et sur cette contrée qui attisait leur curiosité, je leur racontais — comme je le faisais avec le Sultan — d'incroyables histoires que j'improvisais aisément, accoutumé que j'y étais. Non seulement les jeunes filles venues rendre visite à leur père avant de trouver mari, ou les épouses de diplomates qui fleuretaient avec moi, mais aussi les ambassadeurs et les secrétaires drapés dans leur dignité, écoutaient avec admiration les histoires sanglantes où il était question de religions et de barbarie, ou les intrigues amoureuses se déroulant dans le Harem impérial issues de mon imagination. Quand ils insistaient vraiment beaucoup, je leur chuchotais à l'oreille quelques secrets d'État que je venais d'inventer ; j'attribuais au Sultan d'étranges mœurs ignorées de tous. Et s'ils cherchaient à en apprendre davantage, je me plaisais à arborer des airs énigmatiques, je faisais mine de ne pouvoir en dire davantage, je m'enfermais dans un mutisme qui enflammait la curiosité de ces imbéciles, à qui le Maître voulait tant que nous ressemblions. Mais, je le savais, ils se chuchotaient aussi que je participais à un grand projet mystérieux, exigeant de profondes connaissances scientifiques ; à des travaux sur une arme dont on ne savait rien et qui nécessitait des dépenses terrifiantes.

Quand je rentrais le soir de ces palais ou de ces demeures, la tête pleine d'images de corps magnifiques et le cerveau embrumé par les boissons que j'avais absorbées, je trouvais le Maître installé devant notre vieille table et plongé dans son travail. Il semblait pris d'une ardeur que je ne lui avais jamais connue jusque-là. La table était couverte de dessins et de projets étranges dont je n'arrivais pas à saisir la signification, de papiers qu'il avait noircis de son écriture nerveuse. Il me demandait de lui raconter ce que j'avais fait, ce que j'avais vu tout au long du jour, mais très vite, il me coupait la parole, en affichant son dégoût pour ces plaisirs qu'il estimait stupides et licencieux, et il se remettait à me commenter son projet, en parlant comme toujours d'« eux » et de « nous autres ».

Il répétait une fois de plus que tout était lié au contenu de nos cerveaux, c'était là-dessus qu'il avait bâti toute sa théorie, il parlait avec passion de l'ordre ou du désordre, selon le cas, régnant dans cette armoire pleine d'objets hétéroclites que nous appelons notre esprit. Mais je n'arrivais pas à comprendre comment, partant de cette allégorie, il pourrait parvenir à donner forme à l'engin auquel étaient liés tous ses espoirs. Nos espoirs à nous deux ! Je doutais même que quiconque pût le comprendre, pas même lui, me disais-je parfois. Il affirmait qu'un jour, quelqu'un serait capable d'examiner l'intérieur de notre cerveau et pourrait alors prouver la justesse de ses idées. Il parlait d'une vérité essentielle, disait-il, qu'il avait découverte au temps de l'épidémie de peste, au moment où nous nous étions regardés côte à côte dans le miroir ; et à présent, tout était devenu clair dans son esprit ; eh bien, l'idée de l'arme redoutable était née de cette vérité-là. Puis, après ces discours enflammés auxquels je ne comprenais pas grand-chose, mais qui m'impressionnaient, il me désignait de son doigt nerveux une figure qu'il avait tracée sur des papiers.

Cette forme, que je voyais légèrement évoluer à chaque fois qu'il me montrait ses croquis, me rappelait quelque chose, me semblait-il. Quand je regardais la tache sombre, que je pourrais appeler le « démon » du dessin, j'avais un bref instant l'impression d'être sur le point de dire ce qu'elle représentait ; mais, pris de doute, ou parce que je me disais que mon esprit me jouait des tours, je me taisais. Pendant ces quatre années, je ne pus clairement la distinguer. Cette forme, dont les détails s'égaraient entre les feuilles de papier, de plus en plus précis à chaque fois, ne fut réalisée que bien des années plus tard, après avoir englouti tant d'argent et tant de labeur. Parfois elle me faisait penser à des choses dont nous avions parlé dans notre vie quotidienne, ou à des images vues dans nos rêves ; à deux ou trois reprises, j'eus l'impression de lui trouver une ressemblance avec quelque chose que nous avions vu ou dont nous avions parlé autrefois, à l'époque où nous nous racontions nos souvenirs, mais j'étais incapable d'aller plus loin, de faire le pas nécessaire pour arriver à éclaircir mes idées et je me résignais vainement à attendre que l'arme elle-même me livre ses secrets. Et même plus tard, quand au bout de quatre ans, cette petite tache noire eut pris l'aspect de cette étrange créature, de la taille d'une mosquée, cette apparition terrifiante dont parlait tout Istanbul, quand elle devint ce que le Maître appelait une « véritable machine de guerre » — alors que chacun la comparait à autre chose —, je me perdais encore dans les détails de tout ce qu'il m'avait dit dans le passé, au sujet des victoires que son arme était censée devoir remporter dans l'avenir.

Comme celui qui tente de se souvenir au réveil d'un rêve que sa mémoire s'obstine à oublier, je m'efforçais, au cours de mes visites au Sérail, de rapporter au Sultan ces détails si clairs et si terrifiants. Je lui parlais des engrenages, des roues, du dôme, des leviers et des mélanges de poudre que le Maître m'avait si souvent décrits. Même si les mots que j'utilisais n'étaient pas les miens, même si l'on ne retrouvait pas dans mes paroles la chaleur du discours passionné du Maître, je pouvais constater l'intérêt que mon récit suscitait chez le souverain. Quand je voyais cet homme, que j'estimais plein de bon sens, se laisser prendre au fatras de mes paroles creuses, aux poèmes du Maître que je lui rapportais sommairement, des poèmes enthousiastes chantant la victoire et la délivrance, j'en étais également impressionné. Le Sultan aimait répéter que le Maître, c'était moi et non l'homme qui se trouvait à la maison ; j'étais lassé par ces jeux de l'esprit, qui me troublaient si fort. Quand le Sultan affirmait que j'étais le Maître, je me disais qu'il valait mieux ne pas chercher à comprendre, car très vite, il ajoutait que c'était moi qui avais tout appris à mon maître, mais non le moi actuel, timoré et engourdi. Si j'avais pu transformer ainsi le Maître, cela s'était produit dans le passé ! J'aurais préféré, quant à moi, parler avec le Sultan des divertissements de la journée, des animaux, des festivités, ou de la parade des boutiquiers dont les préparatifs avaient commencé. Le Sultan en arriva à affirmer que j'étais l'inspirateur et l'auteur des plans de cette fameuse arme secrète.

Et c'était là ce qui m'effrayait le plus. Le Maître ne se manifestait plus depuis des années, et tout le monde semblait l'avoir oublié. Celui qu'ils voyaient si souvent dans les palais ou dans les riches demeures ou en ville, et même aux côtés du Sultan, c'était toujours moi. À présent, c'était moi qui leur inspirais de la jalousie ! Ils en voulaient à l'infidèle que j'étais, non seulement parce que les revenus de tant de villages, d'oliveraies, de caravansérails étaient réservés à ce mystérieux projet, à cette arme qui faisait naître chaque jour de nouvelles rumeurs ; non seulement parce que j'étais devenu un familier du Sultan, mais surtout parce que nous utilisions ce prétexte pour fourrer notre nez dans les affaires des autres ! Quand je n'arrivais plus à rester sourd à leurs calomnies, je faisais part de mes inquiétudes au Maître, et même au souverain.

Mais ils n'y accordaient aucune attention. Le Maître était entièrement plongé dans ses projets ! Je l'enviais ; je ressentais contre lui la rage du vieillard qui jalouse passionnément les jeunes. Tout au long des derniers mois où il développa et nourrit sur le papier la tache sombre et mystérieuse du monstre qui me terrifiait, où il la transforma en plans et en moules au coût exorbitant, où il fit couler de l'acier si épais qu'un obus ne pouvait le transpercer, il ne prêta même pas l'oreille aux vilaines rumeurs que je lui rapportais ; il s'intéressait seulement aux ambassades où circulaient ces rumeurs : quel genre d'hommes étaient ces ambassadeurs ? Comment fonctionnait leur cerveau ? Avaient-ils une opinion sur cette arme ? Et le plus important : pourquoi le Sultan ne songeait-il pas à envoyer des ambassadeurs permanents dans ces pays, des ambassadeurs qui représenteraient l'Empire ? Je devinais que le Maître rêvait d'un tel poste, afin d'échapper à « ces idiots », et pour vivre chez « les autres ». Mais il ne m'en parla jamais ouvertement, même aux jours où il désespéra de réaliser son projet ; quand l'acier se cassait ou quand il croyait que l'argent n'y suffirait pas. Une ou deux fois seulement, il exprima son désir de créer des relations avec les hommes de science qu'« eux » arrivaient à former, « eux » pourraient peut-être comprendre et apprécier ce que le Maître avait découvert sur le contenu de nos cerveaux. Il voulait correspondre avec les savants de ces contrées lointaines, de Venise ou des Flandres, ou d'autres pays encore. Quels étaient les meilleurs d'entre eux, où vivaient-ils, comment pouvait-on correspondre avec eux, étais-je capable de l'apprendre par l'intermédiaire des ambassadeurs ? À cette époque de ma vie où je m'étais abandonné aux plaisirs et où je ne me souciais guère de l'arme qu'il voulait réaliser, j'oubliais bien vite ces questions qui révélaient pourtant un pessimisme dont nos ennemis se seraient fort réjouis.

Le Sultan, lui aussi, demeurait sourd aux ragots de tous ceux qui nous jalousaient. À l'époque où, dans le dessein de tester notre machine, le Maître se mit à la recherche d'hommes assez courageux pour oser pénétrer dans ce tas d'acier terrifiant, et capables de mettre en mouvement ces rouages, dans une âcre odeur de rouille et de ferraille qui vous prenait à la gorge, le Sultan ne m'écouta même pas le jour où je me plaignis des racontars. Comme il le faisait toujours, il me fit répéter ce que le Maître me disait ; il lui faisait confiance ; il ne regrettait pas de l'avoir soutenu, il était satisfait de tout ce qui se faisait et il m'en était reconnaissant, toujours pour la même raison, évidemment : parce que j'avais tout appris au Maître ! Comme le Maître, il parlait du « contenu de nos cerveaux » et il me posait la question qui découlait de cette curiosité : comme le Maître le faisait autrefois, le Sultan, lui aussi, me demandait comment vivaient les gens de « ces contrées-là », et en particulier dans mon ancien pays.

Je lui débitais un tas de fantasmes. Je ne saurais dire si ces histoires, auxquelles je crois aujourd'hui à force de les avoir répétées, sont des événements que j'ai vraiment vécus dans ma jeunesse ou des fables qui surgissent sous ma plume chaque fois que je m'installe à ma table pour rédiger ce livre. Il m'arrivait parfois d'improviser, de raconter des histoires amusantes qui m'étaient passées à l'instant même par la tête; je disposais ainsi d'un répertoire d'anecdotes que j'inventais au fur et à mesure, et que j'enrichissais de détails nés de mon imagination. Depuis que le Sultan avait manifesté de l'intérêt pour les boutons que « les autres » utilisaient pour leurs vêtements, j'en parlais sans cesse. Je ne saurais dire si je tenais ces détails de mes souvenirs ou de ma fantaisie. Mais il y avait aussi de vrais souvenirs que je n'avais pas oubliés depuis vingt-cinq ans, des choses bien réelles : nos conversations en famille, par exemple, à la table du petit déjeuner, à l'ombre des tilleuls, entre ma mère, mon père, mes sœurs et frères et moi. Mais ces détails-là étaient ceux qui intéressaient le moins le souverain. Il m'avait même dit un jour qu'au fond, toutes les existences se ressemblaient. Je ne sais pourquoi, ces mots m'effrayèrent. Sur le visage du Sultan, je remarquais une expression diabolique que je ne lui avais jamais vue jusque-là. Je voulus lui demander ce qu'il entendait par là; et, alors que je le regardais avec crainte, j'eus envie de lui dire : « Mais moi, c'est moi ! » Il me semblait que si j'avais l'audace de prononcer ces mots dépourvus de sens, je parviendrais à déjouer les intrigues de tous les malveillants, de tous ceux qui imaginaient des artifices pour faire de moi un autre — le Sultan et le Maître les premiers ! — et que je pourrais ainsi continuer à vivre sereinement dans ma propre personnalité. Mais je gardai le silence, effrayé, comme les gens qui évitent soigneusement la moindre allusion à une incertitude pouvant nuire à leur quiétude.

Cet incident avait eu lieu au printemps, à l'époque où le Maître avait terminé ses travaux, mais où il n'avait pas encore mis sa machine à l'épreuve; car il n'arrivait pas à trouver des servants capables de la faire fonctionner. Peu après, nous fûmes frappés de stupeur en apprenant que le Sultan avait quitté la ville avec son armée pour une campagne en Pologne. Pourquoi n'avait-il pas emmené avec lui cette arme qui aurait répandu la terreur chez ses ennemis ? Pourquoi ne m'avait-il pas emmené, moi ? Ne nous faisait-il plus confiance ? Comme tous ceux qu'il avait laissés derrière lui à Istanbul, nous étions persuadés que le souverain n'était pas parti en guerre, mais tout simplement à la chasse. Le Maître, lui, était très content de gagner un nouveau délai d'une année. Comme je n'avais rien à faire et pas d'autre distraction, je travaillais avec lui sur l'engin.

Nous eûmes énormément de peine à trouver des hommes pour mettre notre machine en mouvement. Personne n'osait s'aventurer à l'intérieur de cet engin à l'aspect aussi mystérieux que terrifiant. Pourtant, le Maître promettait de bien les payer. Nous engageâmes des crieurs qui parcoururent la ville, nous envoyâmes nos hommes dans le quartier de l'Arsenal, nous cherchâmes des recrues parmi les vagabonds, les aventuriers, les vauriens qui fréquentaient les cafés des sans-travail. Mais parmi ceux qui, réussissant à vaincre leur peur, se décidaient à pénétrer dans ce tas de ferraille, où ils se retrouvaient pressés les uns contre les autres dans le ventre de cet étrange insecte, dans une chaleur infernale, incapables de faire tourner les rouages, beaucoup prirent très vite la fuite. À la date où nous parvînmes enfin à mettre l'engin en marche, vers la fin de l'été, nous avions épuisé tout l'argent réservé depuis des années au projet. Sous les cris de victoire et les regards stupéfaits et terrifiés des curieux, la machine remua maladroitement et se déplaça avec lourdeur en simulant une attaque contre une forteresse imaginaire, déchargea ses canons, puis s'immobilisa. L'argent continuait à couler à flots des villages et des oliveraies, et pourtant le Maître dispersa l'équipe que nous avions eu tant de peine à recruter, parce qu'elle nous revenait trop cher, déclara-t-il.

L'hiver se passa dans l'attente. À son retour de la guerre, le Sultan s'était arrêté à Andrinople, ville qu'il aimait fort.

Personne ne s'intéressait à nous ; nous nous retrouvions seuls et livrés à nous-mêmes, parce qu'il n'y avait plus au Sérail un prince chez qui aller le matin pour le distraire avec nos histoires, ni de hauts dignitaires dans les demeures, chez qui je puisse m'offrir du bon temps. Je passais mes journées à faire exécuter mon portrait par un peintre venu de Venise et à prendre des leçons de luth. Le Maître, lui, allait sans cesse voir sa machine de guerre, qu'il avait laissée au pied des remparts, sous la garde d'un seul homme. Il tenta bien d'y ajouter ici ou là de nouvelles pièces, mais il finit assez vite par s'en lasser. Durant les nuits du dernier hiver que nous passâmes ensemble, il ne me parla jamais de l'arme ni de ce qu'il comptait en faire. Il était comme engourdi, non qu'il eût perdu ses passions, mais parce que je n'arrivais plus, moi, à lui insuffler de l'enthousiasme.

La nuit, nous passions la plus grande partie de notre temps à attendre que le vent tombe ou qu'il cesse de neiger ; nous guettions le dernier passage du marchand de *boza*, ou encore que les braises se recouvrent de cendres pour jeter des bûches dans l'âtre. Nous attendions que s'éteigne la dernière lumière vacillant sur l'autre rive de la Corne d'Or ; nous attendions encore le sommeil qui ne se décidait pas à venir, ou le premier appel à la prière. Par une de ces nuits d'hiver où nous nous parlions si peu, plongés que nous étions dans nos pensées, le Maître me déclara soudain que j'avais beaucoup changé, que j'étais devenu un autre homme. Une douleur me noua l'estomac, mon dos se couvrit de sueur, je tentai de riposter, de lui expliquer qu'il avait tort, et que j'étais toujours le même, mais que nous avions fini par nous ressembler ; qu'il devait, lui, s'intéresser à moi comme autrefois, et que nous avions encore bien des sujets de discussion. Mais il avait raison ; mon regard avait été attiré par mon portrait que j'étais allé chercher le matin même chez le peintre et que j'avais appuyé contre un mur. J'avais changé, oui, j'avais grossi à force de me goinfrer dans les banquets ;

j'avais un double menton ; mes chairs s'étaient relâchées ; mes mouvements s'étaient ralentis. Pis encore, mon visage avait changé d'expression, un pli cynique accentuait mes lèvres, à force de beuveries et d'orgies ; mon regard s'était alangui, peut-être à cause de ces assoupissements qui me prenaient sans raison, à force de mener la même existence que ces imbéciles satisfaits d'eux-mêmes et de leur vie, de leur univers et de leur propre personne ; mon regard exprimait à présent une tranquillité vulgaire, et pourtant, je me savais content de cette nouvelle personnalité. Je me tus.

Par la suite, jusqu'au moment où nous apprîmes que le Sultan nous attendait à Andrinople avec notre machine de guerre, je fis très souvent le même rêve : cela se passait au cours d'une fête, il y régnait une confusion qui me rappelait les festivités d'Istanbul ; je me trouvais dans un bal masqué à Venise. Quand les courtisanes ôtaient leurs masques, je reconnaissais parmi elles ma mère et ma sœur, j'ôtais mon masque, moi aussi, dans l'espoir qu'elles me reconnaîtraient, mais elles ne me remarquaient même pas ; de leurs masques qu'elles tenaient par le manche, elles désignaient quelqu'un derrière moi ; je me retournais et je devinais aussitôt que cet homme, qui savait, lui, qui j'étais, n'était autre que le Maître. Je me rapprochais de lui, plein d'espoir ; l'homme qui était le Maître ôtait son masque, sans me dire un seul mot, le visage qui apparaissait alors m'emplissait d'un sentiment de culpabilité terrifiant, m'arrachait à mon sommeil : c'était celui de ma jeunesse.

X

Dès qu'il apprit au début du printemps que nous étions attendus par le Sultan à Andrinople, avec notre machine de guerre, le Maître passa à l'action. Je compris alors qu'il s'était toujours tenu prêt à cette éventualité et qu'il avait gardé le contact tout au long de l'hiver avec son équipe de servants. En moins de trois jours, nous étions prêts à rejoindre l'armée. La dernière nuit, le Maître la passa à feuilleter ses vieux livres à la couverture déchirée, ses traités inachevés, ses brouillons jaunis par le temps ; à fureter dans le bric-à-brac de ses affaires, comme si nous étions à la veille d'un déménagement. Il déclencha la sonnerie de l'horloge à prières qu'il avait créée pour le Pacha, épousseta ses instruments d'astronomie ; jusqu'au matin, il farfouilla dans les livres que nous avions écrits depuis vingt-cinq ans, nos projets d'instruments ou nos brouillons. Au lever du jour, je le vis feuilleter les pages jaunies et déchirées du carnet que j'avais rempli d'observations sur nos expériences lors de nos premiers feux d'artifice. Il me posa la question, timidement : devions-nous emporter toutes ces notes avec nous ? Nous seraient-elles de quelque utilité ? Devant mon regard dénué d'expression, pris de colère, il lança le carnet dans un coin de la pièce.

Malgré tout, au cours de ce voyage à Andrinople, qui dura dix jours, nous nous sentîmes très proches l'un de l'autre, moins qu'autrefois cependant. En premier lieu, le Maître avait recouvré son espoir : notre machine, qui se déplaçait lentement et en émettant des grincements effroyables et des bruits bizarres, et que les gens avaient affublée d'une multitude de noms — le Monstre, l'Insecte, le Diable, la Tortue à flèches, le Cyclope, la Créature au mauvais œil, le Tsigane, la Forteresse-qui-marche, le Géant, la Chaudière à roues, le Sale Cochon —, emplissait d'épouvante les cœurs de tous ceux qui la découvraient, exactement comme l'avait voulu le Maître. Et puis, elle avançait plus vite qu'il ne l'avait espéré. Quand il voyait les curieux accourus des villages des environs, perchés sur les talus ou sur les collines tout au long du chemin pour contempler avec effroi l'engin qu'ils n'osaient approcher, le Maître retrouvait sa bonne humeur. Dans le silence de la nuit, que seul troublait le chant des grillons, quand nos hommes, qui avaient sué sang et eau tout au long du jour, sombraient sous leurs tentes dans un profond sommeil, il me décrivait les dégâts que ferait subir à l'ennemi son jeune colosse, comme il l'appelait. Mais, à vrai dire, il avait perdu son bel enthousiasme d'antan. Tout comme moi, il se demandait avec crainte quelle serait l'attitude de l'armée et de l'entourage du Sultan à la vue de l'engin, quelle serait la place que lui réserverait l'armée dans ses assauts ; il arrivait cependant à parler avec conviction et sérénité de « notre ultime chance » ; de notre capacité à changer le cours des choses, ou encore d'« eux » et de « nous », sujet qui éveillait toujours en lui la même passion.

La machine de guerre pénétra dans Andrinople dans un appareil pompeux que seuls le Sultan et ses courtisans les plus zélés accueillirent avec bienveillance. Le souverain reçut le Maître comme un vieil ami. Des rumeurs de guerre circulaient, mais on ne remarquait ni agitation ni préparatifs de campagne. Les deux hommes passaient leurs journées ensemble. Il m'arrivait souvent de me joindre à eux. J'étais toujours à leurs côtés quand ils allaient à cheval écouter le chant des oiseaux dans les forêts sombres des alentours, ou au cours de leurs promenades en barque sur la Toundza ou la Maritza, où ils observaient les mœurs des grenouilles, et quand ils allaient caresser les cigognes venues se remettre, dans la cour de la mosquée Sélimiyé, des blessures subies au cours de leurs combats avec les aigles. Ou encore quand ils allaient examiner notre machine de guerre, pour s'émerveiller une fois de plus des manœuvres qu'elle accomplissait. Mais, je m'en apercevais avec tristesse, je n'apportais rien de nouveau à leurs conversations, je ne trouvais plus rien à leur dire, en toute bonne foi, qui pût éveiller leur intérêt. J'étais peut-être jaloux de leur intimité. Mais je comprenais bien que je m'étais lassé de tout. Le Maître ne faisait que rabâcher son éternel poème : et je m'étonnais de voir le Sultan se laisser encore abuser par ces mensonges sur la victoire future, sur la supériorité des « autres », sur l'avenir, sur le contenu de nos cerveaux, et qui affirmaient que le temps était venu de nous reprendre et de passer à l'action.

Un jour, au cœur de l'été, alors que se renforçaient les rumeurs de guerre, le Maître me déclara qu'il avait besoin d'un compagnon robuste et me demanda de le suivre. Nous traversâmes Andrinople d'un pas rapide et, après avoir dépassé les quartiers juif et tsigane, nous atteignîmes des ruelles couleur de cendres que j'avais déjà parcourues avec le même sentiment de gêne et d'anxiété devant ces maisons, pour la plupart identiques, où logeaient les Musulmans pauvres. Je finis par remarquer que certaines maisons tapissées de vigne vierge que j'avais vues sur ma gauche se trouvaient à présent sur ma droite, et je compris que nous avions tourné en rond ; je posai la question au Maître. Il m'apprit que nous nous trouvions dans le quartier de la Maison aux Éléphants. Le Maître s'arrêta brusquement et frappa à une porte. Un gamin aux yeux verdâtres d'une dizaine d'années nous ouvrit. « Les lions ! Les lions du Sérail ont pris la fuite ! Nous sommes à leur recherche ! » lui dit le Maître. Il repoussa l'enfant et pénétra dans la maison plongée dans la pénombre qui sentait le bois, la poussière et le savon. Je le suivis. Nous escaladâmes en toute hâte l'escalier dont les marches grinçaient sous nos pas et nous nous retrouvâmes à l'étage dans un grand vestibule. Aussitôt, le Maître ouvrit une porte au hasard. Dans la première chambre, un vieillard somnolait, l'air épuisé, sa bouche édentée était entrouverte. Les deux bambins rieurs, qui lui posaient des questions tout en cherchant à atteindre sa barbe, eurent très peur en voyant s'ouvrir la porte. Le Maître la referma et en ouvrit une autre sur une pièce où étaient entassés des couettes et des rouleaux de tissu à matelas. Le gamin qui nous avait ouvert se précipita pour saisir la poignée de la porte de la chambre voisine avant que le Maître ait pu s'en approcher : « Il n'y a pas de lions ici, dit-il, il n'y a là que ma mère et ma tante. » Le Maître ouvrit tout de même la porte : deux femmes y faisaient leurs prières, dans le clair-obscur ; elles nous tournaient le dos. Dans la quatrième pièce, un homme cousait une couette : il était imberbe et c'était surtout à moi qu'il ressemblait. Il se redressa en apercevant le Maître : « Pourquoi es-tu revenu ? Tu es complètement fou ! lui cria-t-il. Que nous veux-tu encore ? — Où est Semra ? demanda le Maître. — Cela fait dix ans qu'elle est partie pour Istanbul. On nous a dit qu'elle y est morte de la peste. Pourquoi n'as-tu pas crevé, toi ? » lui répliqua l'homme. Le Maître ne lui répondit pas ; il dévala les marches de l'escalier et sortit de la maison. Je le suivis aussitôt, mais je pus entendre crier l'enfant et une femme lui répondre : « Il paraît qu'il y a des lions, maman ! — Mais non, c'était ton oncle et son frère... »

Parce que je n'arrivais pas à oublier ce qui s'était passé dans cette maison, ou encore parce que j'y voyais un prologue à ma nouvelle vie et à ce livre que vous continuez peut-être à lire si patiemment, je retournai dans le même quartier deux semaines plus tard, un matin de bonne heure. Gêné sans doute par la lumière si différente à cette heure matinale, j'eus tout d'abord de la peine à retrouver la rue et la maison. Et quand j'y fus parvenu, je m'efforçai de découvrir le chemin le plus court qui me conduirait de là à l'Hospice de la mosquée de Beyazit, dont j'avais au préalable calculé la direction. Parce que je m'étais persuadé, à tort peut-être, que le Maître et sa mère préféraient le raccourci, je ne réussis pas à trouver le petit sentier bordé de peupliers qui menait au pont. Je découvris bien un chemin avec des peupliers, mais il n'y avait pas, dans les environs, de rivière qu'ils auraient pu contempler, assis sur la berge, en mangeant du *helva*. À l'Hospice, je ne retrouvai rien de tout ce que j'avais imaginé : les salles étaient très propres, sans la moindre trace de boue, on n'y entendait aucun bruit de fontaine, on n'y voyait pas de flacons de toutes les couleurs. Quand je remarquai un malade chargé de chaînes, je ne pus m'empêcher d'interroger un médecin à son sujet : c'était l'amour qui avait fait perdre la tête au malheureux, et comme beaucoup de fous, il s'imaginait être un autre, m'expliqua le médecin, prêt à me fournir de plus amples détails, mais je le quittai sans l'écouter davantage.

La décision de partir en campagne, que nous pensions reportée à jamais, fut prise à la fin de l'été, alors que nous nous y attendions le moins. Incapables de supporter plus longtemps l'humiliation de leur défaite de l'année précédente et las surtout de nous verser les tributs que nous leur avions imposés les habitants du Lehistan avaient envoyé au Sultan un message : « Venez donc collecter vos impôts à la pointe de vos épées ! » Les jours suivants, le Maître manqua s'étrangler de fureur : alors que se préparait l'ordre de marche de l'armée, nul ne se souciait de réserver une place à notre engin ; personne ne tenait à se retrouver au cœur de la bataille à proximité de ce tas de ferraille noire. Le plus grave, c'était que personne ne croyait aux capacités de ce gigantesque chaudron. Pis encore, les gens l'estimaient maléfique. Alors qu'à la veille de la campagne, le Maître prédisait qu'elle se déroulerait sous d'heureux auspices, nos ennemis faisaient déjà circuler des rumeurs ; ils affirmaient que la machine avait autant de chances d'attirer le mauvais œil que de nous assurer la victoire. Quand le Maître me rapporta ces accusations de maléfice en ajoutant qu'elles me visaient encore plus que lui, je fus saisi de terreur. Mais le Sultan avait renouvelé sa confiance au Maître, en lui et en sa machine, et pour couper court à toute discussion, il avait décidé que durant la bataille, l'engin serait placé directement sous son commandement et rattaché à ses forces personnelles. Nous quittâmes Andrinople par une chaude journée de septembre.

Tout le monde estimait que la saison était trop avancée pour un début de campagne ; mais personne n'osait exprimer ouvertement cet avis. Je découvris très vite qu'au cours d'une campagne, les soldats craignaient bien plus le mauvais sort que l'ennemi, et qu'ils se battaient surtout contre cette terreur. La nuit du premier jour, alors que nous nous dirigions vers le nord en traversant des villages bien entretenus, et en franchissant des ponts que notre machine faisait gémir et trembler sous son poids, nous fûmes fort étonnés d'être invités par le Sultan à le rejoindre sous sa tente. Tout comme ses soldats, le souverain semblait être redevenu un jeune enfant, il avait l'air d'un gamin tout excité par un jeu nouveau ; et comme le faisaient ses soldats, il demanda au Maître d'interpréter les présages de la journée : ce nuage rouge qui avait voilé le soleil couchant, ces faucons qui avaient volé si bas, cette cheminée croulante dans un village, et ces cigognes qui fuyaient vers le sud — que signifiaient tous ces signes ? Bien évidemment, le Maître les interpréta favorablement.

Mais notre tâche n'en était pas terminée pour autant. Nous découvrions tous deux que durant les nuits de campagne, le Sultan adorait écouter des histoires bizarres ou effrayantes. Du poème si passionné servant de préambule au livre que nous avions présenté au souverain bien des années plus tôt, et que je préférais à tous les autres, le Maître tira un sombre tableau, grouillant de cadavres, de revers, de défaites sanglantes, de trahisons et de misères ; mais il prit soin d'attirer le regard craintif du Sultan vers la flamme de la victoire finale, qui étincelait dans un coin de cette vision. Pour attiser cette flamme, nous devions utiliser notre intelligence, « la nôtre » et « la leur », étudier et comprendre « le contenu de nos cerveaux ». Le Maître reprenait toutes ces affirmations qu'il me ressassait depuis des années et que je voulais oublier. Nous devons nous secouer, nous reprendre, répétait-il. Peut-être parce qu'il se disait que le Sultan s'était sans doute lassé, lui aussi, de ces histoires, le Maître accentuait chaque soir la noirceur, l'horreur, la laideur de ses descriptions si rebutantes et qui m'ennuyaient tant. Et pourtant, je sentais le Sultan frémir de plaisir dès qu'il était question du contenu de nos cerveaux...

Les parties de chasse reprirent la semaine même de notre entrée en campagne. Un équipage, qui accompagnait l'armée dans ce seul but, nous précédait afin de battre le terrain, choisir le lieu le plus propice et engager les paysans dans l'action ; le souverain et ses compagnons de chasse, dont nous faisions partie, quittaient la colonne en marche vers un bois connu pour l'abondance de ses cerfs, ou vers les flancs d'une montagne fréquentée par les sangliers, ou encore vers une forêt où abondaient lièvres et renards. Après ces parties de chasse si agréables, qui duraient des heures, nous allions en grande pompe rejoindre le gros de l'armée, comme au retour d'une bataille victorieuse, et nous étions aux côtés du souverain quand il était salué par les acclamations de ses soldats. J'aimais bien ces cérémonies que le Maître considérait avec rage et horreur. Plutôt que de discuter le soir de l'avancée des troupes, de l'état des bourgades et des villages qu'elles traversaient ou des dernières nouvelles qui nous parvenaient de l'armée, je préférais de beaucoup parler chasse avec le souverain. Ensuite le Maître, mis en rage par ce bavardage qu'il considérait comme futile et stupide, reprenait ses histoires et ses prédictions plus sombres chaque soir. Comme les proches du Sultan, j'étais peiné de le voir accorder du crédit à ces sornettes sur le contenu de nos cerveaux, à ces histoires que le Maître s'efforçait de rendre impressionnantes.

Mais j'allais être témoin de bien pis encore ! Nous étions une fois de plus allés à la chasse ; un village des environs avait été vidé de ses habitants. Toute la population s'était répandue dans la forêt en tapant sur pots et marmites afin de rabattre cerfs et sangliers vers l'endroit où nous nous trouvions avec nos chevaux et nos armes. Mais, de toute la matinée, nous ne rencontrâmes aucun gibier. Pour dissiper la fatigue et l'ennui dans la chaleur de midi, le Sultan avait demandé au Maître de lui raconter l'une de ces histoires qui le faisaient tant frémir la nuit. Nous avancions au pas lent de nos montures, prêtant l'oreille au charivari lointain qui s'entendait à peine à présent. Nous atteignîmes enfin un village chrétien où nous fîmes halte. C'est alors que je vis le Maître et le Sultan montrer du doigt l'une des maisons et un frêle vieillard qui tendait la tête par la porte entrouverte. Deux gardes le saisirent par les bras et l'amenèrent devant le souverain. Un peu plus tôt, ils avaient à nouveau parlé d'« eux » et du contenu de leurs cerveaux. Quand je remarquai la curiosité qui se lisait sur leurs visages et que je vis le Maître poser des questions au vieillard par l'intermédiaire d'un interprète, je me rapprochai d'eux, effrayé par ce que j'imaginais soudain.

Le Maître interrogeait le vieux paysan et exigeait des réponses sans lui laisser le temps de réfléchir : quel était le plus grand des péchés qu'il avait commis dans sa vie ? Sa faute la plus grave ? Dans un grossier dialecte slave que traduisait lentement l'interprète, le paysan affirmait qu'il n'était qu'un pauvre vieillard innocent, qui n'avait commis aucun péché, mais le Maître insistait avec une étrange véhémence, il exigeait du vieux qu'il nous dise tout sur lui-même. Ce fut seulement après avoir remarqué que le Sultan semblait aussi curieux de sa réponse que le Maître, que le vieux reconnut avoir commis des péchés. Eh oui, il avait commis une faute très grave, il aurait dû quitter le village et participer à la battue avec les autres, mais il était malade, accablé d'infirmités, il n'était plus assez solide pour courir tout au long du jour dans la forêt ; il pointait son doigt sur son cœur, en marmonnant des excuses. Le Maître, furieux, se mit à l'invectiver. Il ne s'agissait pas de battue, on lui demandait les vrais péchés qu'il avait commis. Mais le paysan était incapable de comprendre la question que lui répétait sans cesse l'interprète ; il s'était figé sur place, la main plaquée sur le cœur. On l'éloigna. Celui qu'on nous amena ensuite ayant fourni les mêmes réponses, le Maître devint rouge de colère. Quand il entreprit, pour encourager l'homme, de lui citer des exemples courants de vice et de péché, en lui rappelant les fautes vénielles de mon enfance, les petits mensonges que j'inventais pour me faire aimer plus que mes frères et sœurs, les péchés dus au sexe que j'avais commis alors que j'étais étudiant à l'université, et tout cela comme s'il s'agissait des erreurs d'un pécheur anonyme, je l'écoutai et me souvins avec honte et dégoût de cette période de la peste, que j'évoque pourtant dans ce livre avec nostalgie. Quand un dernier paysan, boiteux celui-là, avoua en chuchotant qu'il épiait les femmes qui se lavaient dans la rivière, le courroux du Maître s'apaisa quelque peu : eh oui, voilà quel était leur comportement, à « eux » ! Ils faisaient face à leurs péchés, ils étaient capables de les affronter ; et nous autres, nous étions donc dans l'obligation de connaître ce qui se passait dans nos esprits, et ainsi de suite. Moi, je voulais croire que ce discours n'avait pas trop d'effets sur le Sultan.

Et pourtant, le souverain y avait prêté attention : deux jours plus tard, dans une autre partie de chasse à la poursuite de cerfs, il toléra que le Maître se livre à la même expérience ; peut-être parce qu'il ne savait pas tenir tête à son insistance, peut-être aussi parce qu'il se plaisait lui-même plus que je ne le croyais à ces interrogatoires. Cette fois-là, nous avions franchi le

Danube, nous nous trouvions à nouveau dans un village chrétien, mais les gens y parlaient une langue dérivée du latin. Quant aux questions posées par le Maître, elles n'avaient guère varié. Et au début, je ne voulais même pas écouter les réponses des paysans, épouvantés par ces questions et par celui qui les posait, cet inquisiteur dont ils ignoraient tout, et par la présence du Sultan qui, par son silence, semblait le soutenir. J'avais été saisi d'une étrange répulsion. Plus encore qu'au Maître, j'en voulais au souverain qui se laissait abuser par ses discours ou qui était incapable de résister à l'attrait de ce jeu sinistre. Mais bien vite, je me laissai entraîner par cette curiosité morbide ; je me dis qu'on ne perd jamais rien à écouter et je me rapprochai d'eux. Les fautes et les péchés, relatés dans une langue qui me parut plus élégante et plaisante, se ressemblaient pour la plupart : mensonges véniels, petites impostures, deux ou trois duperies, quelques infidélités et, dans le pire des cas, des vols sans importance.

Le soir, le Maître déclara que ces paysans n'avaient pas dit toute la vérité ; ils nous la dissimulaient ; moi-même, n'étais-je pas allé bien plus loin dans mes confessions ? Il devait y avoir des péchés bien plus graves, bien plus réels qui faisaient la différence entre « eux » et « nous ». Pour découvrir ces vérités, qui pourraient nous aider à convaincre le Sultan, pour arriver à démontrer quel genre d'hommes « ils » étaient et, par conséquent, ce que nous étions, « nous », le Maître se proposait d'user au besoin de coercition...

Les jours suivants s'écoulèrent ainsi, dans cette atmosphère de contrainte de plus en plus violente, de plus en plus absurde. Au début, tout avait été très simple ; nous ressemblions à des gamins qui introduisent dans leurs jeux quelques plaisanteries vulgaires, mais sans gravité. Et ces heures d'interrogatoires me faisaient alors penser à des saynètes insérées entre les longues parties de chasse si agréables. Mais avec le temps, elles se transformèrent en rituels épuisants pour notre patience et notre résistance nerveuse, et auxquels nous ne parvenions plus à renoncer. Je voyais des paysans stupéfaits par la violence des questions du Maître et par ses colères auxquelles ils ne comprenaient rien; s'ils avaient su ce que l'on attendait d'eux, ils auraient sans doute pu répondre. Je voyais des vieillards à la bouche édentée rassemblés, épuisés, sur la place du village, forcés à décrire en bégayant leurs péchés, vrais ou faux. Je voyais des jeunes gens bousculés, maltraités, parce que leurs aveux et leurs péchés étaient estimés insuffisants. Et je pensais aux bourrades que me lançait le Maître après avoir lu mes écrits, en me traitant de coquin, se rongeant les sangs, grommelant avec colère parce qu'il n'arrivait pas à comprendre comment je pouvais être ce que j'étais. Mais à présent, il savait, bien que confusément encore, ce qu'il cherchait, et les conclusions auxquelles il voulait parvenir. Il eut recours à d'autres méthodes : interrompant sans cesse les aveux de l'homme, il l'accusait de mentir. Sur quoi nos gardes rudoyaient le malheureux. Il lui arrivait aussi d'interrompre celui qui égrenait ses aveux en lui faisant remarquer que les déclarations d'un de ses amis contredisaient les siennes. Il essaya également de faire comparaître les paysans deux par deux; mais il constatait alors que leurs aveux demeuraient superficiels, et qu'ils avaient honte les uns des autres, en dépit de la violence intentionnellement exercée par nos soldats. Ce qui mit le Maître en rage.

Quand débutèrent les pluies incessantes, je m'étais quasiment accoutumé, moi aussi, à ce qui se passait. Je me souviens encore de ces paysans que l'on faisait attendre des heures durant sur la place couverte de boue d'un village, trempés de pluie, inutilement rossés, incapables de raconter une histoire, et qui n'avaient guère l'intention de parler. Les parties de chasse se faisaient de plus en plus brèves et dénuées d'intérêt. De temps en temps, il nous arrivait d'abattre une biche aux beaux yeux, dont la mort émouvait le Sultan; ou un énorme sanglier, mais ce n'était plus aux détails de la chasse que nous pensions tous ; nous n'avions en tête que ces interrogatoires dont les préparatifs se faisaient longtemps à l'avance, comme s'organise une partie de chasse. La nuit, comme s'il avait des remords de tout ce qu'il avait fait dans la journée, le Maître m'avouait ses sentiments. Lui aussi était troublé par ce qui se passait, par cette violence, mais il cherchait à prouver quelque chose ; une vérité, une connaissance qui serait utile à nous tous ; il voulait la mettre en évidence aux yeux du Sultan ; et puis, pourquoi ces paysans lui cachaient-ils la vérité ? Par la suite, il déclara que nous devions procéder à la même expérience dans un village musulman. Mais là encore, il n'obtint pas de succès. En dépit de l'interrogatoire qu'il leur fit subir sans trop les malmener, les paysans lui débitèrent les mêmes aveux — à peu près — que leurs voisins chrétiens, ils lui rapportèrent les mêmes histoires. Cela se passait par une de ces journées maussades où la pluie n'arrêtait pas. « Ces gens-là ne sont pas d'authentiques Musulmans ! » grommelait le Maître entre ses dents. Mais le même soir, quand il commenta les événements de la journée, il avait remarqué que la vérité n'avait pas échappé au Sultan ; je le vis bien.

Cette découverte ne fit qu'accroître sa fureur ; elle le poussa, dans un ultime espoir, à avoir recours à plus de violence encore. Une violence qui ne plaisait guère au Sultan, mais qui l'entraînait, tout comme moi, dans une curiosité malsaine. Cependant, nous avancions peu à peu vers le nord, et nous avions atteint une région couverte de forêts, où les paysans parlaient à nouveau une langue slave. Dans un charmant petit village, nous pûmes voir le Maître frapper lui-même un beau jouvenceau qui ne se souvenait que d'un péché de mensonge commis dans son enfance. Le Maître jura qu'il ne battrait plus personne, et le soir, je le vis en proie à un sentiment de culpabilité que j'estimai exagéré. Il me semble bien avoir vu, à une autre occasion, des paysannes, groupées au loin sous une pluie jaunâtre, se lamenter sur le sort que l'on faisait subir à leurs hommes. Et même nos soldats, devenus experts en la matière, semblaient s'en être lassés ; sans même attendre nos ordres, ils nous amenaient d'eux-mêmes un « préposé aux aveux » qu'ils avaient choisi au hasard, et notre interprète lui posait les premières questions avant le Maître, qui avait l'air épuisé par ses colères. Il nous arrivait bien de rencontrer des victimes présentant plus d'intérêt. Terrorisés, frappés de stupeur par notre violence, dont, nous l'avions appris, la rumeur volait d'un village à l'autre et devenait légendaire, ou encore poussés par le sentiment d'une justice suprême dont ils ne parvenaient pas à saisir le sens, certains se lançaient dans un torrent d'aveux, à croire que, tout au fond de leur cœur, ils attendaient depuis des années ce jour du Jugement. Mais les histoires d'adultère, de paysans pauvres jaloux de leurs riches voisins n'intéressaient plus le Maître. Il répétait sans cesse qu'il existait une vérité plus profonde, mais je crois bien que lui-même, tout comme nous, doutait de temps en temps d'y parvenir. Ou du moins devinait-il nos doutes, ce qui déclenchait sa colère. Mais nous autres — et le Sultan lui-même — devinions aussi qu'il n'avait pas l'intention de renoncer à son dessein. C'est sans doute pourquoi nous nous résignâmes à demeurer spectateurs et à lui laisser prendre les rênes. Et c'est encore pourquoi nous retrouvâmes un peu d'espoir le jour où nous le vîmes trempé jusqu'aux os sous une pluie battante, dont nous nous protégions, nous autres, sous des buissons, interroger des heures durant un jeune garçon, qui haïssait son beau-père et ses demi-frères et sœurs parce qu'ils maltraitaient sa mère. Mais le soir même, il écarta le sujet en déclarant qu'il ne s'agissait là que d'un jeune homme comme tous les autres et qui ne méritait que l'oubli.

Nous avions progressé très haut dans le nord. La colonne avançait lentement sur les sentiers sinueux et boueux au creux de hautes montagnes et dans des forêts obscures. J'aimais cet air froid et rude qui montait des forêts de sapins et de hêtres, ces silences inquiétants ouatés de brume, ces contours indéfinis.

Personne ne les appelait ainsi, mais je crois bien que nous nous trouvions sur les flancs des Carpates, dont j'avais lu le nom, chez mon père, du temps de mon enfance, sur une carte de l'Europe dessinée par un mauvais peintre, qui l'avait illustrée de cerfs et de châteaux gothiques. Le Maître était malade ; il avait pris froid sous la pluie, et pourtant chaque matin, nous nous enfoncions dans la forêt, nous éloignant de la route qui serpentait sans cesse, comme pour parvenir le plus tard possible à son but. Les parties de chasse semblaient oubliées ; il ne s'agissait plus de forcer un cerf au bord d'un torrent ou d'un ravin, nous prenions tout notre temps, comme si nous voulions faire attendre davantage encore les paysans que l'on nous préparait ! Puis décidant que le moment était venu, nous faisions notre entrée dans l'un des villages et, après en avoir terminé avec notre rituel, nous suivions à nouveau le Maître qui, n'ayant toujours pas découvert ce qu'il cherchait, décidait de nous entraîner aussitôt vers un autre village, dans son désir d'oublier les malheureux qui avaient été maltraités et rossés, d'oublier surtout son propre désespoir. Il décida un jour de faire une expérience d'un autre genre : le Sultan, dont l'intérêt et la patience me surprenaient, fit venir vingt Janissaires. Le Maître entreprit alors de poser la même question, à tour de rôle, aux soldats et aux villageois aux cheveux blonds, qui attendaient, l'air ahuri, devant la porte de leurs maisons. À une autre occasion, il mena les paysans jusqu'à la colonne en marche, pour leur montrer notre machine de guerre qui s'escrimait, en émettant d'étranges grincements, à rejoindre l'armée du Sultan sur les chemins bourbeux ; il leur demanda ce qu'ils en pensaient et fit enregistrer leurs réponses par des scribes. Mais il était à bout de forces ; peut-être parce que nous ne comprenions pas, comme il l'affirmait, l'utilité de ses expériences, peut-être parce qu'il était effrayé par cette vaine violence, ou encore à cause des remords qui l'assaillaient la nuit, ou parce qu'il ne pouvait plus supporter la grogne des pachas et de l'armée, qui pestaient contre l'engin de guerre et contre ce qui se passait dans la forêt, ou tout simplement parce qu'il était malade, je ne sais pas. Sa voix entrecoupée de quintes de toux n'était plus aussi puissante qu'autrefois ; il ne pouvait plus poser avec la même passion les questions dont il connaissait par cœur les réponses ; et la nuit, quand il parlait de la victoire, de l'avenir et de l'obligation où nous étions de nous ressaisir, si nous voulions assurer notre salut, sa voix de plus en plus éteinte n'était guère convaincante. Je me souviens de l'avoir vu une dernière fois sous la pluie couleur de soufre qui s'était remise à tomber, en train d'interroger sans trop d'assurance quelques paysans slaves frappés de stupeur. Nous autres, nous nous tenions à l'écart, car nous n'avions plus envie de les entendre, eux étaient figés dans une lumière fantomatique ternie par la pluie, ils lançaient des regards dénués d'expression à un immense miroir au cadre doré que le Maître faisait passer de main en main.

Ce fut là la dernière de ces « parties de chasse ». Nous avions franchi un fleuve et pénétré dans les terres polonaises. Notre machine de guerre n'arrivait plus à avancer sur les routes que la pluie incessante et de plus en plus violente transformait en bourbier, elle freinait l'avancée de la colonne qui aurait dû au contraire presser le pas. Du coup, les rumeurs de mauvais œil et même de malédiction qui circulaient sur notre engin — que les pachas n'avaient jamais apprécié — ne firent qu'enfler ; et les chuchotements des Janissaires ayant participé aux expériences leur donnaient plus de force encore. Et, comme toujours, ce n'était pas le Maître qui faisait figure d'accusé, mais moi, l'Infidèle ! Quand le Maître reprenait son bavardage poétique — dont même le Sultan s'était lassé — et parlait du besoin que nous avions de cette machine de guerre, de la puissance de l'ennemi ou de l'obligation où nous nous trouvions de passer à l'action, les généraux qui l'écoutaient dans la tente impériale n'en étaient que plus convaincus : nous n'étions que des charlatans et notre engin portait malheur à l'armée ! Ils estimaient que le Maître n'était qu'un malade dont la raison s'égarait. Mais, à leurs yeux, son cas n'était pas désespéré. Le vrai coupable, le plus dangereux, c'était moi ! C'était moi qui, après avoir réussi à abuser le souverain et le Maître, étais le seul auteur de ces néfastes machinations ! La nuit, quand nous nous retirions sous notre tente, le Maître, de sa voix rauque de malade, parlait des pachas avec rage et dégoût, dans les termes qu'il utilisait autrefois quand il discourait sur « ces imbéciles » ; mais je ne retrouvais plus trace, chez lui, de la gaieté et de l'espoir que j'espérais encore pouvoir garder intacts.

Et pourtant, je le voyais, il ne semblait pas prêt à renoncer. Deux jours plus tard, quand notre engin s'enfonça dans un chemin bourbeux, au beau milieu de la colonne de marche, je perdis mes derniers espoirs. Mais tout malade qu'il était, le Maître, lui, continua à se battre. Personne ne nous prêta main-forte ; on nous refusa hommes et chevaux. Le Maître alla voir le Sultan, se fit attribuer une quarantaine de chevaux, réunit des hommes, fit ôter les chaînes des canons et, après toute une journée d'efforts, fouettant les chevaux avec rage, sous les yeux des envieux qui priaient le Ciel pour que l'engin s'immobilise dans la boue, il réussit vers le soir à faire bouger notre gigantesque insecte. Et il passa la soirée à se battre contre les pachas qui voulaient se débarrasser définitivement de nous en affirmant que non seulement la machine était maléfique, mais qu'elle causait de grandes difficultés à l'armée. Et pourtant, je sentais qu'il ne croyait plus à la victoire.

Une nuit, sous la tente, je pris mon luth que je n'avais pas négligé d'emporter avec moi en partant pour la guerre, et tentai d'en tirer quelque mélodie. Mais le Maître me l'arracha des mains et le lança au loin. Il me déclara que l'on réclamait ma tête — est-ce que je le savais ? Oui, je le savais. Il aurait été heureux, déclara-t-il, s'ils en avaient voulu à sa tête à lui. Je le savais aussi, mais je ne lui dis rien. Je me penchai pour ramasser mon luth, il arrêta mon geste, me demanda de lui parler de là-bas, de mon pays. Et quand je lui rapportai deux ou trois histoires — inventées de toutes pièces, comme je le faisais pour le Sultan —, il se fâcha. C'était la vérité qu'il exigeait, et des détails réels. Il m'interrogea sur ma mère, mes frères, mes sœurs. Alors que je lui fournissais des détails « véridiques », il joignit sa voix à la mienne; il débitait à mi-voix des phrases courtes, hachées, et des mots étouffés dont je n'arrivais pas à bien saisir le sens.

Dans les jours qui suivirent, quand nous aperçûmes les premières fortifications ennemies qui étaient tombées aux mains de nos troupes de reconnaissance et avaient été incendiées, je sentis le Maître envahi par un dernier espoir, mais en proie aussi à certaines idées étranges et malsaines. Un matin, alors que nous traversions un village en flammes, quand il remarqua des blessés qui agonisaient au pied d'un mur, il mit aussitôt pied à terre et courut vers eux. Je l'observai de loin. Je crus tout d'abord que c'était dans le but de leur porter secours et qu'il aurait volontiers écouté leurs plaintes s'il avait disposé d'un traducteur; mais aussitôt, je le devinai pris d'une agitation dont je croyais connaître le motif : c'était bien d'autres questions qu'il voulait leur poser. Le lendemain, il était rempli de la même ardeur quand, aux côtés du Sultan, nous rendîmes visite aux fortifications en ruine et aux petits fortins sur les deux côtés de la route. Dès qu'il apercevait entre les fortifications rasées ou les remparts de bois déchiquetés par les obus, un blessé dont la tête tenait encore sur ses épaules, il courait à lui. Bien que me sachant soupçonné de le pousser à de tels actes, je le suivais, pour l'empêcher de commettre une vilenie, ou tout simplement mû par une curiosité malsaine. On eût dit que les blessés aux corps mutilés par les balles ou les éclats d'obus allaient lui faire des révélations avant que se pose sur leur visage le masque de la mort; et que le Maître se préparait à leur poser des questions pour les inciter à parler, pour obtenir de leur bouche la vérité profonde qui allait tout changer, et à l'instant même. Mais je le voyais bien vite identifier à son propre désespoir le désespoir qui se lisait sur ces visages si proches de la mort, et dès qu'il s'approchait d'eux, il perdait tous ses moyens et se retrouvait dans l'incapacité de parler.

Ce jour-là, quand il apprit vers le soir que le Sultan était fort irrité parce que la citadelle de Doppio continuait à résister à nos armées, le Maître fut pris de la même agitation et courut se présenter devant le souverain. À son retour, il avait l'air soucieux, mais il ne semblait pas connaître le motif de son inquiétude. Il avait demandé au Sultan de lui permettre d'engager sa machine de guerre dans le combat ; n'était-ce pas pour ce jour qu'il avait travaillé tant d'années durant sur cet engin ? Contrairement à mon attente, le Sultan en était convenu ; mais, avait-il ajouté, il fallait donner du temps à Husséyine Pacha le Blond, qu'il avait chargé de l'assaut. Pourquoi cette réponse ? se demandait le Maître. C'était encore là l'une des questions dont je n'ai, des années durant, pu saisir s'il me les posait à moi, ou à lui-même. Je ne sais pourquoi, je me répétais que je n'éprouvais plus aucune affinité avec lui, je m'étais sans doute lassé de cette inquiétude incessante. Le Maître répondit lui-même à sa question : « ils » avaient peur qu'il ne leur vole une partie de la victoire !

Et il usa de toute sa force pour croire à cette réponse, jusqu'au lendemain midi, jusqu'au moment où nous apprîmes que Husséyine Pacha le Blond n'avait toujours pas réussi à s'emparer de la citadelle. Comme les rumeurs m'accusant d'avoir le mauvais œil et de porter malheur à l'armée ne faisaient que s'accroître, je ne me présentais plus à la tente du Sultan. Quand il s'y rendit la nuit pour commenter les événements du jour, le Maître était parvenu, affirmait-il, à y reprendre son discours de victoire et de bonheur, et le souverain avait semblé y croire. Quand le Maître revint à notre tente, il affichait l'optimisme de l'homme qui est arrivé à vaincre le sort contraire. Je l'écoutai, moins impressionné par cet optimisme que par les efforts qu'il semblait déployer pour le conserver.

Il reprit sa vieille rengaine, il me parla à nouveau d'« eux » et de « nous », de la victoire toute proche, mais il y avait dans sa voix une tristesse qui n'avait jamais, à ma connaissance, empreint ses histoires; il semblait parler d'un souvenir d'enfant que nous aurions fort bien connu tous les deux parce que nous l'aurions vécu ensemble. Il ne protesta pas quand je saisis mon luth ni quand je le grattai maladroitement. Lui parlait des beaux jours que nous allions vivre quand nous aurions réussi à faire dévier le cours du fleuve dans le sens que nous souhaitions. Mais nous savions très bien, lui et moi, qu'il parlait du passé. Des images surgissaient sous mes yeux : derrière une maison, un jardin paisible, des arbres qui insufflaient la quiétude des pièces tièdes étincelantes de lumière, toute une famille rassemblée autour d'une table... Pour la première fois depuis des années, j'éprouvais de la sérénité à l'écouter; et je lui donnai raison quand il me dit qu'au fond, il aimait bien les gens d'ici, et qu'il aurait de la peine à les quitter. Je lui donnai également raison, je ne sais pourquoi, quand, après avoir réfléchi sur eux, il se souvint des « imbéciles » et fut pris de colère. Peut-être parce que son optimisme n'était pas une affectation, peut-être parce que nous aimions, lui et moi, la vie nouvelle qui nous attendait; ou encore parce que je me disais que j'aurais agi exactement comme lui si j'avais été à sa place; je n'en sais rien.

Quand, le lendemain matin, nous lançâmes, pour la tester, notre machine de guerre sur l'une des petites fortifications ennemies proches de notre route, pris tous deux d'un étrange pressentiment, nous savions fort bien qu'elle ne servirait pas à grand-chose. En effet, la centaine d'hommes que le Sultan avait placés sous nos ordres s'égaillèrent dès le premier assaut de l'engin. Certains furent broyés par la machine elle-même; d'autres furent tués dès qu'ils se retrouvèrent à découvert, quand l'engin s'embourba stupidement après quelques tirs ratés. Et nous fûmes incapables de rassembler pour un nouvel assaut la plupart des soldats qui avaient pris la fuite par crainte des maléfices. Le Maître et moi devions certainement penser au mauvais sort, nous aussi...

Plus tard, quand les hommes de Hassan Pacha le Gros se furent emparés de la place en l'espace d'une heure et sans trop de pertes, le Maître voulut, dans un ultime espoir que je crois avoir bien compris, prouver l'efficacité de son savoir, mais toute la garnison avait été passée au fil de l'épée, il n'y avait même plus un agonisant derrière les remparts calcinés. Et quand j'aperçus dans un coin de la place les têtes entassées que l'on allait présenter au Sultan, je devinai aussitôt à quoi le Maître pensait; pis encore, je trouvai normale cette fascination chez lui, mais je ne voulais plus être témoin de ce qui allait se passer; je lui tournai le dos. Au bout d'un moment, lorsque je ne pus contenir ma curiosité et regardai dans sa direction, le Maître s'éloignait de l'amas de têtes coupées; je n'ai jamais pu savoir jusqu'où il avait osé aller.

Quand nous rejoignîmes vers midi la colonne de marche, on nous apprit que la citadelle de Doppio n'était toujours pas tombée; le Sultan était furieux, disait-on; il parlait de punir Husséyine Pacha; l'armée tout entière se dirigeait vers la forteresse. Et si elle n'était pas prise le soir même, notre engin serait utilisé pour l'assaut du lendemain matin, avait déclaré le Sultan au Maître. Entre-temps, il avait fait trancher le cou à un commandant qui n'avait pas réussi, en un jour, à s'emparer d'un fortin. Il ne s'était pas inquiété de l'échec, devant la forteresse, de notre engin, qui avait à présent rejoint la colonne de marche, ni prêté l'oreille aux rumeurs qui l'accusaient d'être maléfique. Le Maître, lui, ne parlait plus de notre contribution à une proche victoire; il se taisait. Mais je savais qu'il pensait au sort du Premier Astrologue qui l'avait précédé, tout comme je savais, quand je me remémorais mon enfance ou même les animaux de notre ferme, que les mêmes pensées lui traversaient l'esprit. Désormais, la chute de la forteresse constituait notre dernière chance. Je savais qu'il se le disait, lui aussi, et qu'il ne croyait absolument plus à cette chance, et qu'il n'en voulait même plus. Je savais qu'une petite église et son clocher avaient été livrés aux flammes, par rage contre cette forteresse dont nous n'arrivions toujours pas à nous emparer, et que la prière murmurée par un prêtre courageux évoquait une vie nouvelle. Alors que nous avancions vers le nord, je savais encore que le soleil qui disparaissait derrière la colline boisée, sur notre gauche, éveillait chez le Maître, comme en moi, le sentiment de l'accomplissement parfait de je ne sais quelle évolution.

Après le coucher du soleil, nous apprîmes que le nouvel assaut lancé par Husséyine Pacha le Blond avait échoué, et que des renforts autrichiens, magyars et kazakhs avaient rejoint les Polonais à Doppio. Nous arrivâmes enfin en vue du château. Il se dressait au-dessus d'une colline assez élevée; les lueurs du soleil couchant teintaient légèrement de rouge ses tours où se déployaient des étendards. Il était blanc, immaculé et très beau. Je ne sais pourquoi, je me dis qu'on ne pouvait imaginer qu'en rêve une chose aussi belle et aussi inaccessible. Dans ce rêve, vous avancez sur un sentier sinueux qui se perd dans une forêt sombre, vous courez pour atteindre cette masse éclatante de lumière qui se dresse tout en haut; à croire que là-bas vous attendent des réjouissances que vous ne voulez pas manquer, un bonheur que vous ne voulez pas laisser échapper, mais ce chemin que vous croyez sans cesse sur le point de s'achever ne touche jamais à sa fin. Quand j'appris qu'une rivière qui débordait souvent avait formé un marécage infect, entre la forêt noire et les flancs de la colline, et que l'infanterie avait réussi à le franchir, mais n'avait toujours pas pu s'emparer de la colline, en dépit du concours de l'artillerie, je pensai, moi, à la route qui nous avait menés jusque-là, comme si tout était aussi parfait que l'image de cette forteresse blanche, de ces oiseaux qui volaient au-dessus des tours, des flancs de la colline, de la forêt noire et silencieuse et des rochers de plus en plus sombres. Je savais désormais que les expériences que j'avais vécues depuis des années étaient inévitables, et non le fruit du hasard, comme je l'avais toujours cru, et que nos soldats ne pourraient jamais atteindre les tours blanches de la citadelle. Je savais aussi que le Maître pensait exactement la même chose que moi. Quand, au matin, l'assaut serait donné, notre engin s'enliserait dans le marécage, en abandonnant à la mort les hommes qu'il contenait, je le savais; je savais aussi que pour mettre fin aux rumeurs de maléfice, on réclamerait ma tête pour la jeter aux pieds des soldats, afin de les rassurer. Et je savais encore que le Maître s'en rendait très bien compte, lui aussi. Je me souvenais comment, bien des années plus tôt, pour le pousser à s'exprimer lui-même, je lui avais parlé de cet ami d'enfance avec lequel nous avions pris l'habitude de penser aux mêmes choses au même moment. À présent, j'en étais convaincu, le Maître pensait à la même chose que moi à cet instant-là.

Tard dans la nuit, il se rendit à la tente impériale. Il me semblait qu'il n'en reviendrait jamais. Je me doutais de ce qu'il dirait au Sultan et aux pachas rassemblés sous la tente quand on lui demanderait d'interpréter les événements de la journée et de prédire l'avenir. J'imaginai même à un moment qu'il avait été abattu sur place et que les bourreaux allaient venir me chercher. J'imaginai encore qu'il avait pu quitter la tente et s'enfuir, sans prendre la peine de m'avertir, vers la citadelle dont les murailles blanches étincelaient dans le noir, et qu'il l'avait atteinte depuis belle lurette, en dépit des marécages, de la forêt et des sentinelles. J'attendais l'aube sans trop d'appréhension en réfléchissant à ma nouvelle vie, quand il arriva. Bien des années plus tard seulement, après avoir longuement et prudemment interrogé ceux qui avaient été présents cette nuit-là sous la tente, j'appris que le Maître avait parlé exactement comme je m'y étais attendu : lui ne me raconta rien; il se dépêchait, pressé comme un voyageur à la veille de son départ. Il me dit simplement que le brouillard était très épais. Je compris...

Jusqu'au point du jour, je lui décrivis tout ce que j'avais

laissé au pays ; je lui expliquai comment il pourrait trouver la maison ; je lui parlai de la notoriété de ma famille à Florence et à Empoli, de ma mère, de mon père, de mes frères et sœurs, de leurs caractères. Je lui fournis certains petits détails particuliers qui les différenciaient entre eux. Et ce faisant, je me souvenais que je lui avais déjà fait part de ces détails, jusqu'à la grosse verrue sur le dos de mon frère cadet. Et j'étais persuadé de la véracité de tout ce que je lui racontais, alors que ces histoires m'avaient souvent paru être le fruit de mon imagination quand je les rapportais au Sultan, ou comme en ce moment, alors que j'écris ce livre. Ma sœur aînée bégayait légèrement, c'était vrai. Tout comme le grand nombre de boutons qui garnissaient nos vêtements. Tout comme était vrai le paysage que je voyais de la fenêtre qui donnait sur notre jardin, derrière la maison. Un peu avant l'aube, je me dis que si ces histoires m'avaient toujours tant séduit, c'était parce que je croyais qu'elles allaient reprendre tôt ou tard là où elles s'étaient arrêtées. Je savais que le Maître pensait la même chose que moi et qu'il croyait, lui, à sa propre histoire avec joie.

Nous échangeâmes nos vêtements, en silence, et sans nous presser. Je lui remis ma bague et le médaillon que j'avais réussi à dissimuler durant tant d'années : il contenait encore une mèche de cheveux de mon arrière-grand-mère, et une autre de ma fiancée : ils avaient pâli. Le médaillon lui plut, me sembla-t-il, et il le mit aussitôt à son cou. Puis il sortit de la tente, s'éloigna. Je le regardai peu à peu disparaître dans le brouillard silencieux. Le jour pointait ; je tombais de sommeil. Je me glissai dans mon lit et m'endormis paisiblement.

XI

J'arrive maintenant à la fin de mon livre. Mes lecteurs les plus intelligents l'ont peut-être déjà abandonné, décidant que mon histoire avait pris fin depuis longtemps. Il fut un temps où je me disais la même chose ; j'avais fourré dans un coin ces pages rédigées il y a bien des années de cela, dans l'intention de ne plus jamais les relire. À cette époque-là, je me proposais de consacrer mon imagination à d'autres histoires, que j'inventerais pour mon propre plaisir, et non plus pour divertir le Sultan : celle, par exemple, d'un négociant transformé en loup et qui vivait avec les loups ; des histoires d'amour qui se dérouleraient dans des pays que je n'ai jamais vus ; des déserts sans bornes ou des forêts pétrifiées sous la glace. Je voulais oublier ce livre et cette histoire. Bien que sachant que l'oubli ne serait guère facile après tout ce que j'avais vécu et tout ce que j'avais appris, j'y serais peut-être parvenu. Mais je me suis laissé influencer par un visiteur venu me voir il y a deux semaines et j'ai repris ce livre. Aujourd'hui, je sais que de tous les livres que j'ai écrits, c'est celui que j'aime le plus. J'y mettrai fin comme il le faudra, tel que je l'ai voulu, tel que je l'ai rêvé.

De notre vieille table où je me suis installé pour terminer mon livre, je peux voir un petit voilier quitter Djennet-Hissar pour Istanbul ; un moulin, dans les oliveraies au loin ; tout en bas du jardin, des enfants qui jouent entre les figuiers, et la route poudreuse qui va de Guebzé à la capitale. Très peu de voyageurs l'empruntent en hiver, quand il fait froid ou qu'il neige, mais au printemps et en été, je peux voir passer les caravanes qui se dirigent vers l'est, vers l'Anatolie et même vers Damas ou Bagdad. Mais on y voit surtout de misérables chars à bœufs, qui avancent avec une extrême lenteur. Parfois, je suis pris d'émoi en y apercevant un cavalier, dont je ne peux de si loin distinguer la mise, mais dès qu'il approche, je comprends qu'il ne vient pas me voir : ces derniers temps, personne ne vient plus me voir et je sais à présent qu'il ne viendra plus personne.

Mais je ne m'en plains pas ; je ne me soucie pas de la solitude. J'ai amassé beaucoup d'argent au cours des années où j'ai exercé la charge de Premier Astrologue du Sultan. Je me suis marié ; j'ai quatre enfants. J'ai abandonné mes fonctions à temps, peut-être parce que je sais prévoir l'approche des malheurs, avec l'intuition acquise grâce à ma profession, avant que les armées impériales s'en aillent assiéger Vienne ; avant que la fureur de la défaite eût fait tomber les têtes des bouffons de l'entourage du Sultan et celle du Premier Astrologue qui m'avait succédé, et bien avant la déchéance de ce souverain qui aimait tant les bêtes, je me retirai ici, à Guebzé, j'y fis construire cette demeure, je m'y installai en compagnie de mes livres, de mes enfants et de quelques serviteurs. La femme que j'épousai alors que j'étais encore Premier Astrologue est beaucoup plus jeune que moi ; c'est une très bonne maîtresse de maison ; c'est elle qui dirige notre intérieur et même certaines de mes affaires, et elle s'en tire fort bien. Moi qui ai près de soixante-dix ans, elle me laisse passer mes journées seul dans cette pièce, à écrire mes livres et à rêver. Ainsi, je peux penser à Lui tout mon soûl afin de trouver une fin convenant à mon histoire et à ma vie.

Au cours des premières années, je m'efforçais pourtant de ne jamais penser à Lui. Le Sultan tenta bien, à deux ou trois reprises, de me parler de Lui, mais il avait très vite compris que le sujet ne me plaisait guère. Je crois bien qu'il était satisfait de la situation ; il semblait simplement un peu intrigué, mais je n'ai jamais pu savoir au juste ce qui l'intriguait et dans quelle mesure. Au début, il m'avait déclaré que j'avais été très influencé par Lui, qu'Il m'avait appris beaucoup de choses et que je ne devais pas avoir honte d'avoir subi cette influence. Tous les livres, tous les calendriers, toutes les prédictions que j'avais présentés au souverain durant des années, c'était, bien sûr, Lui qui les rédigeait ; le Sultan l'avait deviné dès le début. D'ailleurs, il le Lui avait dit, du temps où je m'enfermais à la maison pour préparer les plans de notre fameuse machine de guerre, qui avait fini engloutie par le marécage ; le Sultan le Lui avait dit, et Lui me l'avait rapporté, tout comme je Lui rapportais tout, à Lui ; le souverain en était certain. À l'époque, peut-être ne voulions-nous pas aller plus loin, ni lui ni moi. Mais je devinais que le Sultan avait, lui, les pieds sur terre, et bien plus que moi. Je me disais qu'il était plus intelligent que moi, qu'il savait tout ce qu'il lui fallait connaître, et qu'il me jouait la comédie pour mieux me tenir en main. J'étais peut-être influencé par la reconnaissance que j'éprouvais pour lui, parce qu'il m'avait pardonné cette débâcle finale dans les marécages et épargné la fureur de ses soldats, rendus enragés par les rumeurs de maléfices et de mauvais œil. Quand ils avaient appris la fuite de l'Infidèle, certains d'entre eux avaient réclamé ma tête. Si le Sultan m'avait posé la question au cours des premières années, je crois bien que je lui aurais tout avoué. En ce temps-là, les rumeurs affirmant que je n'étais pas moi ne circulaient pas encore ; j'avais envie de parler avec quelqu'un de tout ce qui s'était passé. Mais, c'était surtout Lui qui me manquait.

Me retrouver seul dans la maison où nous avions vécu ensemble durant tant d'années ébranlait mes nerfs. Mes poches étaient pleines d'argent. C'est à cette époque que je pris l'habitude de me rendre au Marché aux Esclaves. Je le fréquentai durant des mois, dans l'espoir d'y découvrir ce que j'y cherchais. Je finis par acheter et ramener chez moi un malheureux qui, à vrai dire, ne nous ressemblait guère, ni à Lui ni à moi. Quand, le soir même, je lui ordonnai de m'apprendre tout ce qu'il savait, de décrire son pays et son passé, pis encore, de m'avouer tous ses péchés, quand je le plaçai devant le miroir, il eut très peur. La nuit fut sinistre. J'eus pitié du malheureux, je décidai de l'affranchir le matin même, mais ma cupidité l'emporta, et je retournai le vendre au Marché aux Esclaves. Puis je décidai de me marier et je fis connaître mon intention dans le quartier. Les voisins vinrent me voir, tout heureux, convaincus que je finirais par leur ressembler : je ne dérangerais plus le quartier par ma conduite... Et moi, j'étais heureux de leur ressembler, j'étais plein d'optimisme, je me disais que les rumeurs avaient pris fin, que je pourrais désormais vivre en paix, tout en continuant à inventer des histoires pour le Sultan. Je choisis mon épouse avec soin ; la nuit, elle jouait même du luth pour moi.

Quand les rumeurs reprirent, je me dis tout d'abord qu'il s'agissait là d'un nouveau jeu du Sultan ; je croyais en effet qu'il se plaisait à guetter mon anxiété, à me poser des questions déconcertantes. Tout au début, quand il lui arrivait de me déclarer à brûle-pourpoint : « Nous connaissons-nous nous-mêmes ? L'homme doit bien savoir qui il est... », je ne m'en inquiétais pas outre mesure. Je me disais qu'il tenait ces questions agaçantes de ce cuistre féru de philosophie grecque qui figurait parmi les bouffons dont il s'entourait à nouveau. Mais quand il me demanda d'écrire un traité à ce sujet, je lui présentai mon livre le plus récent, où il était question des gazelles et des moineaux, qui vivent heureux parce qu'ils ne se penchent pas sur eux-mêmes et ignorent ce qu'ils sont. Je me sentis rassuré quand j'appris qu'il avait pris le livre au sérieux et qu'il l'avait lu avec plaisir. Mais, à présent, les rumeurs parvenaient jusqu'à moi. On racontait que je prenais le Sultan pour un imbécile, car je ne ressemblais même pas à l'homme dont j'avais pris la place. Lui était plus maigre, plus mince que moi, et moi, j'avais grossi ; ils avaient compris que je mentais quand je déclarais que je ne pouvais savoir tout ce qu'Il savait, Lui. Et quand il y aurait à nouveau la guerre, je prendrais la fuite, moi aussi, après avoir répandu mes maléfices autour de moi ; tout comme Lui, je livrerais nos secrets militaires à l'ennemi pour assurer notre défaite, et ainsi de suite. Afin d'échapper à ces rumeurs que je croyais lancées par le Sultan, je décidai de fuir les plaisirs, j'évitai de me montrer en public, je maigris et je me renseignai prudemment sur ce qui s'était dit la dernière nuit sous la tente du Sultan. Mon épouse me donnait sans cesse des enfants ; je disposais de bons revenus ; je voulais oublier les rumeurs et le passé, L'oublier Lui, et continuer à travailler en paix.

Je tins le coup durant près de sept ans. J'aurais sans doute tenu jusqu'au bout si j'avais eu les nerfs plus solides ou, plutôt, si je n'avais pas pressenti de nouvelles révocations dans l'entourage du Sultan. Car, à force de franchir les portes que le Sultan ouvrait devant moi, je me revêtais peu à peu de mon ancienne personnalité, celle que j'avais tant voulu oublier. Je répondais désormais avec effronterie aux questions sur mon identité, qui m'avaient tellement inquiété au début. « Qu'importe de savoir qui on est ? disais-je. Ce qui est important, c'est de savoir ce que nous faisons et ce que nous ferons. » Je crois bien que ce fut là la brèche par laquelle le Sultan put pénétrer le mécanisme de mon esprit. Le jour où il me demanda de lui décrire l'Italie, le pays où Lui s'était réfugié, quand je lui répondis que je ne savais pas trop de choses sur ce pays, le Sultan se fâcha. Lui avait toujours affirmé au souverain qu'Il me racontait tout. De quoi avais-je peur ? Il me suffisait de me souvenir de ce qu'Il m'avait dit. Si bien que je dus rapporter au Sultan son enfance à Lui et ses souvenirs si doux, que je reprends en partie dans ce livre. Au début, mes nerfs n'étaient pas aussi affaiblis. Le Sultan m'écoutait comme il le fallait, comme je le voulais, comme on écoute quelqu'un qui vous rapporte ce qu'il tient d'un autre. Mais dans les années qui suivirent, il alla plus loin, il écoutait ce que je lui racontais comme si c'était Lui qui parlait. Après m'avoir interrogé sur des détails que Lui seul pouvait connaître, il me répétait que je ne devais pas avoir peur ; il me demandait de lui fournir la première réponse qui me venait à l'esprit. À la suite de quel incident Sa sœur s'était-elle mise à bégayer ? Pourquoi n'avait-Il pas été admis à l'université de Padoue ? De quelle couleur étaient les vêtements de Son frère aîné la première fois qu'Il avait assisté à des feux d'artifice à Venise ? Tous ces détails, je les fournissais au Sultan, comme si je les avais vécus moi-même, au cours d'une promenade en barque ou près d'un bassin où fleurissaient des nénuphars et grouillaient les tortues, ou devant les cages aux barreaux d'argent des singes sans vergogne, ou encore dans ces jardins où abondaient Ses souvenirs, parce qu'ils s'y étaient si souvent promenés ensemble, le souverain et Lui. Dans ces occasions-là, le souverain, qui goûtait fort mes histoires et les jeux des souvenirs qui s'épanouissaient dans les jardins de notre mémoire, devenait encore plus proche de moi, et il me parlait de Lui comme s'il se souvenait d'un vieil ami qui nous aurait trahis. C'est dans un de ces moments-là qu'il me dit qu'Il avait bien fait de prendre la fuite : bien qu'il Le trouvât très amusant, le Sultan s'était souvent lassé de Son impertinence, il avait même parfois pensé à Le faire tuer. Il me fit des révélations qui m'épouvantèrent, car je ne savais plus trop duquel d'entre nous il s'agissait, mais lui parlait sans colère, avec affection même. Il m'expliquait que, certains jours, il avait eu peur d'être amené à Le faire exécuter, sous l'effet de l'impatience, parce qu'il ne pouvait plus supporter Son arrogance, Son manque d'humilité. Le dernier soir, par exemple, il avait manqué faire venir les bourreaux... Plus tard, il déclara que je n'étais pas un impertinent, moi, que je ne me prenais pas pour l'homme le plus intelligent, le plus adroit de l'univers, je n'avais pas tenté, moi, d'exploiter à mon avantage la terreur qu'avait provoquée la peste ; je n'aurais jamais eu l'idée de faire passer des nuits blanches aux gens en leur débitant des histoires de petits rois morts sur le pal et, à présent, je n'avais plus personne chez moi à qui rapporter en les ridiculisant les songes que le Sultan me relatait ; personne pour m'aider à écrire des histoires distrayantes, certes, mais stupides et destinées à duper le souverain ! Quand je l'entendais parler ainsi, j'avais l'impression de nous voir de l'extérieur, comme dans un rêve, lui et moi, je sentais avec effroi que nous étions allés trop loin. Au cours des derniers mois, le Sultan insista, à croire qu'il voulait me rendre fou : non, je ne Lui ressemblais pas du tout, je n'avais pas perdu la raison avec ces sophismes sur les différences entre « eux » et « nous ». Mon démon, celui qui avait assuré la victoire de notre Satan dans le ciel tout noir, au cours des réjouissances et des feux d'artifice dont nous avions assuré l'organisation et que le Sultan avait contemplés de l'autre rive, à l'âge de huit ans, alors qu'il ne nous connaissait pas encore, m'avait quitté, il se trouvait à présent à Ses côtés, car il L'avait suivi dans cette contrée où Il s'imaginait pouvoir trouver la sérénité. Et puis, au beau milieu de ces promenades dans les jardins qui se répétaient, toujours semblables, le Sultan me posait la question avec une extrême attention : pour comprendre que les êtres humains se ressemblaient tous aux quatre coins du monde et sous les sept cieux de l'univers, fallait-il être sultan ? Effrayé, je me taisais ; il insistait pour m'empêcher de me retrancher dans le silence : les gens pouvaient se substituer les uns aux autres, cela ne prouvait-il pas qu'ils étaient partout semblables ? La situation devenait intolérable.

Parce que j'espérais que nous arriverions un jour à L'oublier, le Sultan et moi, ou peut-être parce que je voulais amasser encore plus d'argent, j'aurais peut-être pu prendre mon mal en patience, car je m'étais accoutumé à la peur que provoque l'ambiguïté. Mais le Sultan poussait et refermait impitoyablement les portes de mon esprit, comme s'il lançait au hasard son cheval à la poursuite d'un lièvre, dans une forêt où nous nous serions égarés. Et, de plus, il le faisait en public, à présent. Il s'était encore entouré de ces bouffons de courtisans. J'avais peur, parce que je pressentais de nouveaux changements dans ce milieu, peut-être la confiscation de nos biens à tous ; l'approche des malheurs m'effrayait. Le jour où le Sultan me fit décrire les ponts de Venise, les dentelles de la nappe sur laquelle Il prenait son petit déjeuner quand Il était enfant, et l'image du jardin tel qu'Il le voyait par la fenêtre à l'arrière de la maison, image qui Lui était revenue à l'instant où on L'avait menacé de Lui trancher le cou pour le forcer à se convertir à l'Islam, et quand il m'ordonna de réunir en un livre tous ces détails, comme s'il s'agissait de mes propres aventures, je décidai de quitter Istanbul dans les plus brefs délais.

À Guebzé, je m'installai dans une autre maison, pour mieux L'oublier. Les premiers temps, j'eus peur de voir surgir des hommes du Sérail venus m'arrêter pour me ramener à Istanbul, mais personne ne se soucia de moi et personne ne toucha à mes revenus. Ils m'avaient oublié, ou alors le Sultan me faisait discrètement surveiller. Du coup, je n'y pensai plus. Je mis de l'ordre dans mes affaires ; je fis bâtir la maison où j'habite actuellement ; je fis aménager à mon goût le jardin derrière la maison ; je passais mon temps à lire des livres, à écrire des histoires plaisantes, pour mon propre plaisir, et à écouter les visiteurs qui, ayant appris que j'avais été Premier Astrologue du Sérail, venaient me consulter, et je me livrais à cette occupation plus pour me distraire que pour gagner de l'argent. C'est à cette époque sans doute que je parvins à mieux connaître ce pays où je vivais depuis mon adolescence. Avant de prédire leur avenir aux infirmes, aux infortunés qui ne pouvaient se remettre de la perte d'un fils ou d'un frère, aux malades incurables, aux pères affligés de vieilles filles, aux nains qui ne parvenaient pas à grandir, aux maris jaloux, aux aveugles, aux marins, et à tous ceux qui, atteints de la maladie d'amour, en avaient l'esprit égaré, je les laissais longuement parler, je leur faisais raconter leur vie, puis le soir, je notais dans mes cahiers tout ce que j'avais entendu, pour m'en servir dans mes histoires, comme je l'ai fait dans ce livre.

C'est à la même époque que je fis la connaissance de ce vieillard qui introduisit dans mon cabinet une profonde mélancolie. Il devait avoir dix ou quinze ans de plus que moi, et s'appelait Evliya*. Dès que je remarquai la tristesse qui se lisait sur son visage, je décidai que son mal provenait de la solitude. Mais il n'en était rien, à en croire ce qu'il me dit : il avait consacré toute sa vie aux voyages et à un livre où il les relatait en dix tomes qu'il avait presque achevés. Il comptait, avant de mourir, visiter les lieux du monde les plus proches de Dieu, c'est-à-dire La Mecque et Médine, et il ferait également le récit de ce pèlerinage, mais il y avait un sujet qu'il n'avait pas traité dans son livre, ce qui le gênait fort : il aurait voulu décrire à ses lecteurs les beautés d'un pays dont il avait entendu vanter les ponts et les fontaines ; pouvais-je lui en parler ? Il était venu me voir parce qu'il avait entendu parler de moi avec considération à Istanbul. Quand je lui expliquai que je n'avais jamais vu l'Italie, il me répondit qu'il le savait aussi bien que tout le monde, mais il avait appris que j'avais eu autrefois un esclave originaire de ce pays, et qui m'en avait tout dit. Est-ce que je voulais bien en parler avec lui ? En échange, Evliya était tout prêt à me raconter des anecdotes fort amusantes. Le côté le plus agréable de la vie, n'était-ce pas d'imaginer ou d'écouter des histoires plaisantes ? Il avait sorti timidement une carte de son sac, c'était la plus lamentable des cartes d'Italie que j'aie jamais vues. Je décidai de lui parler de ce pays.

De sa main grassouillette qui rappelait une menotte de bam-

* Voir note, p. 14. *(N.d.T.)*

bin, il me désignait une ville sur la carte, après avoir prononcé son nom syllabe par syllabe, et il consignait avec une attention extrême tout ce que j'inventais à ce sujet. Et pour chaque ville, il me réclamait une anecdote. Nous vécûmes ainsi treize nuits dans treize villes, et nous parcourûmes du nord au sud ce pays que je voyais entièrement pour la première fois de ma vie. Après ce travail qui nous prit la matinée, il finit par rentrer de Sicile à Istanbul en bateau. Et parce qu'il avait été très satisfait de tout ce que je lui avais rapporté, il décida de me faire plaisir et me parla des funambules qui avaient disparu dans le ciel d'Acre, de la femme qui accoucha d'un éléphant à Konya, des taureaux aux ailes bleues et des chats roses qui vivaient sur les berges du Nil, de la Tour de l'Horloge à Vienne, des fausses dents qu'il s'était fait confectionner dans cette même ville et qu'il m'exhiba dans un grand sourire, de la caverne dotée de la parole sur la rive de la mer d'Azov, et des fourmis rouges d'Amérique. Je ne sais pourquoi, ces histoires éveillaient en moi une étrange mélancolie, j'avais envie de pleurer. Les lueurs rouges du soleil couchant avaient envahi la pièce. Quand Evliya me demanda si je ne connaissais pas des histoires bizarres de ce genre, j'eus envie de l'étonner, moi aussi. Je lui proposai de passer la nuit chez nous, avec ses serviteurs. Je connaissais une histoire susceptible de lui plaire : celle de deux hommes qui échangeaient leurs vies.

La nuit, quand tout le monde se fut retiré et quand le silence que nous attendions tous deux fut tombé sur la maison, nous retournâmes dans mon cabinet de travail. C'est alors que je conçus pour la première fois l'histoire dont vous êtes en train de terminer la lecture ! Ce que je lui racontais ne semblait pas être le fruit de mon imagination ; on aurait dit que quelqu'un m'en soufflait chaque mot. Les phrases se succédaient lentement : « Nous allions de Venise à Naples quand les navires turcs nous barrèrent la route... »

Quand mon récit fut terminé, un long silence retomba sur la

pièce. Je le sentais bien, nous pensions tous les deux à Lui, mon visiteur et moi. Mais, dans l'esprit d'Evliya, Lui était entièrement différent du Lui auquel je pensais. J'étais certain qu'à ce moment-là, Evliya pensait à sa propre vie. Et moi, je pensais à ma vie à moi et je pensais à Lui et je me disais que l'histoire que je venais de raconter m'avait plu, et je ressentais quelque fierté pour tout ce que j'avais vécu et imaginé. La pièce où nous nous trouvions était pleine à ras bord du souvenir mélancolique de tout ce que nous avions voulu être et de ce que nous étions devenus. Pour la première fois, je compris clairement que je ne pourrais jamais L'oublier et que j'en serais malheureux jusqu'à la fin de mes jours ; je savais désormais que je ne pourrais jamais plus vivre seul. Avec cette histoire, un fantôme séduisant, qui nous intriguait et nous mettait tous les deux mal à l'aise, semblait avoir pénétré en pleine nuit dans la pièce. Un peu avant l'aube, mon hôte me déclara qu'il avait beaucoup aimé mon histoire, ce qui me fit un grand plaisir, mais il ajouta qu'il n'était pas d'accord sur certains points. J'écoutai ses objections avec intérêt, pour me délivrer des souvenirs si troublants des gémeaux que nous étions et pour retourner au plus tôt à ma nouvelle vie.

Oui, il était d'accord, nous devions rechercher tout ce qui était étonnant et bizarre, comme dans mon histoire ; c'était peut-être là le seul moyen d'échapper à l'épuisante monotonie de cet univers ; il savait, depuis ses années d'enfance et d'école, que tout se répétait sans cesse ; il n'avait jamais songé à passer sa vie entre quatre murs, voilà pourquoi il l'avait consacrée aux voyages, à la recherche d'histoires sur des routes qui n'en finissaient jamais. Mais ces choses curieuses, surprenantes, nous devions les rechercher dans le monde extérieur et non en nous-mêmes ! Rechercher ce que nous sommes, réfléchir aussi longuement sur nous-mêmes, cela ne pouvait que nous rendre malheureux ! Et c'était là ce qui était arrivé aux personnages de mon histoire ! Voilà pourquoi ils ne parvenaient pas à être eux-mêmes, voilà pourquoi ils aspiraient sans cesse à être quelqu'un d'autre ! Puis il me posa la question : à supposer que le sujet de cette histoire se soit passé dans la réalité, est-ce que je croyais, moi, que ces deux hommes qui prenaient la place l'un de l'autre aient pu être heureux ? Je ne lui répondis pas. Ensuite, Evliya fit allusion, je ne sais pourquoi, à un détail de mon histoire : nous ne devions pas nous laisser abuser par les vains espoirs d'un captif espagnol, manchot de surcroît ! Car, à force d'écrire des histoires de ce genre, à force de rechercher l'étrange en nous-mêmes, nous risquerions de devenir quelqu'un d'autre, nous aussi, et nos lecteurs également, Dieu nous en garde tous ! Il se refusait même à imaginer cet univers étrange où les hommes ne parleraient plus que d'eux-mêmes et de leurs propres bizarreries, et où les livres et les histoires ne traiteraient plus que de ces sujets !

Mais justement, c'était là ce que je voulais, moi ! C'est pourquoi, dès que ce petit vieillard, qui avait su gagner mon affection en l'espace d'une journée, eut rassemblé ses serviteurs et eut pris, léger comme une plume, la route de La Mecque, je m'installai devant ma table pour rédiger ce livre. Afin peut-être de mieux imaginer les hommes de l'univers si terrifiant du futur, je m'efforçai d'y mettre dans la mesure de mes moyens tout ce que je savais sur moi-même, mais aussi sur Lui, que je n'arrivais pas à distinguer de moi. Mais quand j'ai relu ces jours-ci ce livre que j'avais abandonné il y a seize ans de cela, je me suis dit que je n'y avais guère réussi. C'est pourquoi, tout en m'excusant auprès de ceux de mes lecteurs qui n'apprécient pas que l'on parle de soi-même — et surtout en se laissant déborder par les sentiments —, j'ajoute quelques pages à mon livre.

Je L'aimais, Lui, tout comme j'aimais ma propre image pitoyable, pleine de faiblesses, que je voyais dans mes rêves, pris à la gorge par la honte, la colère, la tristesse et le sentiment de culpabilité que dégageait cette image, tout comme la honte ressentie au spectacle de l'agonie d'un fauve hurlant de douleur, ou la colère que je ressens devant les caprices de mon propre fils. Et je L'aimais peut-être surtout parce que je retrouvais dans cet amour le dégoût stupide, la satisfaction imbécile de me reconnaître en Lui. Et cet amour, je m'y suis habitué, de même que me sont familiers les mouvements de mes bras et de mes mains, qui s'agitent inutilement, pareils à des insectes ; de même que je connais les idées qui s'entrechoquent puis s'éteignent chaque jour entre les murailles de mon esprit, ou l'odeur à nulle autre pareille de la sueur de mon corps, devenu si pitoyable, ou mes cheveux qui se font rares, ou ma bouche que je trouve si laide, ou encore ma main rosâtre qui tient la plume : voilà pourquoi je n'ai jamais été dupe de leurs mensonges. Après avoir terminé mon livre, et l'avoir caché dans un coin parce que je voulais L'oublier, je ne me suis jamais laissé prendre à toutes ces rumeurs qui circulaient à notre sujet, aux intrigues de ceux qui, ayant entendu parler de notre histoire, tentèrent d'en tirer avantage, jamais ! Que ne racontait-on pas sur Lui ! Il travaillait sur les plans d'un nouvel engin de guerre, sous l'aile tutélaire d'un pacha au Caire ! Durant le siège de Vienne, Il aurait été vu dans la ville, dispensant ses conseils à l'ennemi, pour accélérer notre défaite ! On L'aurait vu à Andrinople, déguisé en mendiant ; au cours d'une bagarre qu'Il aurait provoquée entre des boutiquiers, Il aurait tué un matelassier d'un coup de poignard, avant de disparaître ! Il exerçait les fonctions d'imam dans une mosquée de quartier, cela s'était passé dans une lointaine bourgade d'Anatolie où Il avait installé une Chambre des Horaires ; et celui qui rapportait cette nouvelle en jurait ses grands dieux : Il avait même commencé à rassembler de l'argent pour y construire une tour d'horloge ! Il était allé jusqu'en Espagne, en suivant la route de la peste, et Il y était devenu très riche grâce aux livres qu'Il écrivait. On alla jusqu'à l'accuser d'avoir fomenté le complot qui avait conduit à la déposition de notre infortuné Sultan ! Dans les villages slaves, à force d'écouter les aveux sincères qu'Il avait fini par obtenir des paysans, Il était devenu un pope légendaire souffrant d'épilepsie et vénéré de tous, et Il rédigeait des livres tourmentés ! Il parcourait l'Anatolie, en affirmant qu'Il allait détrôner tous ces idiots de sultans, et Il entraînait derrière lui des bandes envoûtées par ses prédictions et ses poèmes ! Et Il me faisait dire d'aller L'y rejoindre ! Au cours de ces seize années que je passai à écrire des histoires, autant pour parvenir à L'oublier que pour me distraire en imaginant les hommes si terrifiants du futur, dans un univers si effrayant, ou encore pour pleinement tirer plaisir du fruit de mon imagination, bien d'autres rumeurs encore parvinrent jusqu'à moi, mais je ne crus à aucune. Je ne sais pas si cela arrive aux autres, mais à l'époque où nous nous sentions prisonniers entre les quatre murs de la pièce qui dominait la Corne d'Or, dans l'attente d'une invitation qui semblait ne devoir jamais venir du Sérail ou d'une riche demeure, tantôt nourrissant l'un pour l'autre une haine qui nous comblait de bonheur, tantôt riant de nos propres plaisanteries quand nous rédigions un traité de plus à l'intention du Sultan, il nous arrivait dans la vie de tous les jours de nous attarder sur un détail insignifiant : un chien trempé comme la soupe rencontré le matin, la géométrie cachée des couleurs et des formes du linge étendu entre deux arbres, un mot prononcé pour un autre par méprise et qui démontrait la symétrie qui régente la vie ! Ce sont ces moments-là qui me manquent le plus aujourd'hui. Et c'est pourquoi j'ai repris ce livre écrit autrefois par mon ombre, en imaginant qu'après bien des années, des siècles peut-être après Sa mort, quelque curieux le lira en pensant bien plus à sa propre existence qu'à la nôtre. À vrai dire, ce livre, je ne serais pas trop chagriné si personne ne le lisait. Et c'est bien pourquoi Son nom, je l'y ai dissimulé, pas très profondément peut-être. Je l'ai repris parce que je voulais revivre les nuits du temps de la peste, mon enfance à Andrinople, les jours si beaux que j'ai passés dans les jardins du Sultan, et le frisson qui me parcourut le dos quand je Le vis pour la première fois dans le vestibule du Pacha. Chacun de nous sait que, pour retrouver la vie et les rêves enfuis, il nous faut les rêver à nouveau. Moi, j'ai cru à mon histoire !

Je vais mettre fin à mon livre en vous relatant le jour où je décidai de le terminer : il y a deux semaines environ, alors qu'installé comme aujourd'hui devant ma table de travail, je m'efforçais à imaginer une tout autre histoire, j'aperçus un cavalier qui arrivait de la direction d'Istanbul. Ces derniers temps, les gens ne venaient plus m'apporter de Ses nouvelles à Lui, peut-être parce qu'ils me voyaient enfermé dans mon mutisme, et je ne m'attendais plus à en avoir désormais. Mais dès que j'aperçus ce voyageur drapé dans une drôle de cape et qui tenait un parasol à la main, je devinai qu'il venait me voir. J'entendis sa voix avant qu'il eût pénétré dans la pièce : il parlait le turc moins bien que Lui et il faisait les mêmes fautes. Dès qu'il fut entré dans la pièce, il passa aussitôt à l'italien. Quand il me vit faire la grimace et garder le silence, il me déclara dans un mauvais turc qu'il était persuadé que je parlais un peu cette langue. Puis il s'expliqua : c'était grâce à Lui qu'il avait appris mon nom et obtenu des renseignements sur moi. Après son retour dans son pays, Il avait écrit un grand nombre de livres sur les incroyables aventures qu'Il avait vécues au pays des Turcs, sur le précédent Sultan qui aimait tant les animaux, et sur ses songes, sur les Turcs et sur l'épidémie de peste et sur le Sérail et sur les règles en vigueur au Sérail, et sur nos méthodes de guerre. Grâce à l'engouement actuel pour cet Orient magique, qui commençait à se répandre chez les membres de l'aristocratie et particulièrement chez les dames de qualité, ses œuvres avaient été accueillies avec un vif intérêt ; ses livres se lisaient beaucoup, Il avait donné des cours sur ces sujets dans les académies, Il était devenu riche. Et ce n'était pas tout : se laissant prendre par l'émotion qui se dégageait de ses livres, son ancienne fiancée avait abandonné son mari pour venir vivre avec Lui. Ils avaient racheté la maison familiale et s'y étaient installés. Tout y avait été refait comme autrefois, les bâtiments comme les jardins. Si mon visiteur connaissait tous ces détails, c'était parce que, fervent admirateur de ses livres, il était allé Lui rendre visite. Lui était un homme très courtois, Il avait consacré toute une journée à son hôte, répondu à toutes ses questions. Il lui avait raconté à nouveau les aventures dont Il avait traité dans ses livres. Et c'est ainsi qu'Il lui avait longuement parlé de moi. Il était en train d'écrire un nouveau livre, consacré à son ami, sous le titre : *Un Turc que j'ai bien connu*. Il se préparait à présenter aux lecteurs italiens le récit de ma vie tout entière, de mon enfance à Andrinople jusqu'au jour où nous dûmes nous séparer ; et Il l'accompagnerait d'observations fort judicieuses sur les particularités des Turcs. « On voit bien que vous Lui parliez beaucoup de vous-même ! » déclara mon visiteur. Puis, pour m'étonner encore plus, il me précisa certains détails de ce livre dont il avait lu quelques pages : encore enfant, après avoir cruellement rossé l'un de mes compagnons de jeu, j'avais eu tellement honte de mon geste que j'en avais pleuré ! J'étais intelligent : en l'espace de six mois, j'avais saisi l'astronomie qu'il m'avait enseignée ; j'aimais beaucoup ma sœur aînée ; j'étais pieux et ne manquais jamais mes prières ; j'adorais la confiture de griottes ; j'avais un goût particulier pour le métier de matelassier, qui était celui du second mari de ma mère, et ainsi de suite. Comme je ne pouvais décemment faire grise mine à cet imbécile, après tout l'intérêt dont il témoignait pour ma personne, et parce que je connaissais la curiosité qui anime les hommes de son espèce, je lui fis visiter ma maison, pièce par pièce. Puis il s'intéressa aux jeux auxquels se livraient dans le jardin les plus jeunes de mes fils et leurs petits camarades, et se fit expliquer pour les noter dans un cahier les règles du jeu de bâtonnet, du colin-maillard et du saute-mouton, quoique n'ayant guère apprécié celui du « triple-âne ». Il me déclara alors qu'il était un grand ami des Turcs, et il me l'affirma à nouveau alors que je lui faisais visiter le jardin, puis, dans l'après-midi, n'ayant rien d'autre à lui proposer, la bourgade de Guebzé et la maison où Lui et moi avions logé des années durant. Alors qu'il avançait avec précaution dans le cellier, qu'il avait tenu à voir, entre les bocaux de confitures et de légumes marinés, et les jarres d'huile et de vinaigre, il remarqua mon portrait, celui que j'avais fait exécuter par le peintre vénitien. Du coup, il alla plus loin encore dans la confidence et me chuchota, comme s'il me livrait un secret, qu'à vrai dire, Lui n'était pas un ami sincère des Turcs, et qu'Il avait écrit sur eux des choses assez vilaines. Il affirmait que nous étions engagés sur la voie du déclin, Il décrivait nos cerveaux comme des armoires poussiéreuses pleines de vieilleries. Il déclarait que nous ne pourrions pas échapper à notre triste destin et que le seul moyen pour nous de survivre était de nous soumettre au plus tôt à « eux ». Alors seulement, durant des siècles, nous pourrions imiter ceux à qui nous étions soumis ! « Mais Il voulait notre salut ! » lui dis-je pour l'empêcher d'en dire davantage. Mon visiteur s'empressa de dire qu'il le savait, Il avait même inventé une arme pour nous sauver, mais nous autres n'avions pas su l'apprécier : un matin de brume, nous avions laissé l'engin s'enliser dans un horrible marécage, pareil à la carcasse d'un vaisseau de pirates venu échouer dans la tempête. Oui, Il avait tenté de nous sauver, ajouta-t-il, Il l'avait vraiment désiré. Ce qui ne L'empêchait pas d'être animé à notre égard d'une malveillance diabolique ; n'était-ce pas le cas de tous les génies ? L'homme avait saisi mon portrait et l'examinait attentivement, tout en continuant à marmonner je ne sais quoi sur le génie. Ah ! s'Il n'était pas tombé entre nos mains, s'Il avait pu passer toute sa vie dans son pays, Il serait sûrement devenu le Léonard du XVIIe siècle ! Plus tard, il revint sur le Mal, sujet qui semblait lui être très cher. Il me révéla quelques vilaines histoires d'argent qui circulaient sur Lui ; je les ai oubliées. « Le plus étonnant, observa-t-il par la suite, c'est que vous n'ayez pas du tout subi son influence ! » Il avait tenu à faire ma connaissance, ajouta-t-il, et je lui avais beaucoup plu. Une fois encore, il me dit son étonnement : comment deux hommes qui avaient vécu côte à côte durant tant d'années pouvaient-ils être si différents l'un de l'autre ? Il n'arrivait pas à se l'expliquer. Il ne me pria pas, comme je le craignais, de lui offrir mon portrait, il le remit à sa place, puis exprima son désir de voir mes couettes. « Quelles couettes ? » lui demandai-je, ahuri. Mais ne passais-je pas mes loisirs à piquer des couettes ? me dit-il, étonné à son tour. Ce fut alors que je décidai de lui montrer ce livre, que je n'avais même pas relu depuis seize ans. L'émotion le prit, il m'assura qu'il lisait le turc et qu'un livre sur Lui l'intéresserait beaucoup. Nous montâmes à mon cabinet de travail, dont les fenêtres donnent sur le jardin à l'arrière. Il s'installa devant notre table ; je retrouvai le livre là où je l'avais relégué, seize ans plus tôt, sur-le-champ, comme si je l'y avais posé à l'instant ; je l'ouvris devant lui. Il arrivait à lire le turc, quoique avec lenteur. Il se plongea dans la lecture avec ce désir, que j'ai remarqué chez tous les voyageurs et qui m'agace tellement, de se sentir dépaysé sans pour autant abandonner son propre univers, si sûr et rassurant. Je le laissai seul dans la pièce, je descendis dans le jardin ; je m'assis sur la banquette couverte d'une natte, à un endroit d'où je pouvais l'apercevoir par la fenêtre ouverte. Au début, il paraissait de très bonne humeur ; il me cria même : « On voit bien que vous n'avez jamais mis les pieds en Italie ! » Mais il m'oublia très vite. Durant trois heures, assis dans le jardin, j'attendis qu'il eût terminé sa lecture, tout en le guettant du coin de l'œil de temps en temps. Quand il eut terminé le livre, il semblait bouleversé : il avait tout compris. À deux ou trois reprises, il répéta à haute voix le nom du château blanc qui se dressait derrière le marécage où s'était englouti notre engin de guerre. Il tenta même — mais en vain — de me parler en italien. Puis il se tourna vers la fenêtre, comme s'il cherchait à se remettre de sa surprise et à digérer ce qu'il venait de lire. Je l'observais avec un très vif plaisir : au début, le regard vide, il semblait fixer à l'infini un point focal imaginaire, comme chacun le fait dans ces situations-là. Mais peu à peu, il redevint capable de voir ce qu'il apercevait dans le cadre de la fenêtre. Mes lecteurs si intelligents l'auront sans doute compris ; il n'était pas si stupide que je l'avais cru. Comme je l'avais prévu, il se mit à tourner les pages, tout excité. Et moi, j'attendais avec bonne humeur qu'il eût trouvé ce qu'il cherchait. Il le découvrit, relut la page. Puis, à nouveau, il regarda par la fenêtre. Et, bien sûr, je savais ce qu'il voyait : sur la table, des pêches et des cerises dans un plateau incrusté de nacre. Derrière la table, la banquette d'osier avec des coussins de plume du même vert que le cadre de la fenêtre. Et moi, un vieillard presque septuagénaire, j'étais assis sur cette banquette, et derrière moi, il pouvait voir le puits, le moineau posé sur la margelle, les cerisiers, les oliviers et, à l'arrière-plan, une balancelle, retenue par de longues cordes à une branche du noyer, qui se balançait à peine dans la brise légère.

1984-1985

Composition Euronumérique.
Impression Bussière Camedan Imprimeries
à Saint-Amand- Montrond (Cher) le 28 octobre 1996.
Dépôt légal : octobre 1996.
Numéro d'imprimeur : 1/2520.
ISBN 2-07-073263-0./Imprimé en France.

63679